八步沙林场地处河西走廊东端、腾格里沙漠南缘的甘肃省古浪县。昔日这里风沙肆虐，侵蚀周围村庄和农田，严重影响群众生产生活。为保护家园，上世纪80年代初，郭朝明、贺发林、石满、罗元奎、程海、张润元6位村民，义无反顾挺进八步沙，以联产承包形式组建集体林场，承包治理7.5万亩流沙。38年来，以“六老汉”为代表的八步沙林场三代职工，矢志不渝、拼搏奉献，科学治沙、绿色发展，持之以恒推进治沙造林事业，至今完成治沙造林21.7万亩，管护封沙育林草面积37.6万亩，以愚公移山精神生动书写了从“沙逼人退”到“人进沙退”的绿色篇章，为生态环境治理作出了重要贡献。

中共中央宣传部2019年3月向全社会发布甘肃省古浪县八步沙林场“六老汉”三代人治沙造林先进群体的感人事迹，授予他们“时代楷模”称号。

筑梦八步沙

ZHUMENG BABUSHA

李学辉　杨　先　著

敦煌文艺出版社

图书在版编目（C I P）数据

筑梦八步沙 / 李学辉，杨先著. -- 兰州 : 敦煌文艺出版社，2019.5（2023.1重印）
ISBN 978-7-5468-1739-2

Ⅰ. ①筑… Ⅱ. ①李… ②杨… Ⅲ. ①纪实文学－中国－当代 Ⅳ. ①I25

中国版本图书馆CIP数据核字(2019)第088476号

筑梦八步沙

李学辉　杨先　著

总 策 划：马永强　杨继军
责任编辑：杨继军　田　园　余　岚
助理编辑：李恒敬　张　桐
装帧设计：马吉庆　孟孜铭
摄　　影：高　樯

敦煌文艺出版社出版、发行

地址：（730030）兰州市城关区读者大道568号

邮箱：dunhuangwenyi1958@163.com

0931－8773259（编辑部）

0931－8773112　0931－8773235（发行部）

三河市嵩川印刷有限公司印刷

开本　880毫米×1230毫米　1/32　印张7.5　插页4　字数150千

2019年5月第1版　2023年1月第2次印刷

印数：5 001～8 000

ISBN 978－7－5468－1739－2
定价：38.00元

谨以此书

献给“时代楷模”——甘肃省古浪县八步沙林场“六老汉”三代人治沙造林先进群体！

目　录

序曲　一段传说

八步沙在古浪县土门镇境内，是腾格里沙漠南部边缘向南凸出的一片沙漠，这儿沙粒细小如针尖，脚踩上去，很容易陷入，人畜经过时，得把腿脚往上拖拉出来，一步一步慢慢前行，故原名叫“跋步沙”。

相传很久很久以前，八步沙深处有个沙洲城。沙洲城？可没听说过。说古的老人们咂着鹰腿骨做成的烟锅，吐出一口淡青色的烟气，说：现在沙洲城是没有了，但在初一十五，你可站到房顶上往北看，要是天气晴好，就能在沙漠里看到沙洲城，城里男人挑着担筐赶着牛车，女人们三三两两地逛街买东西呢！要是凌晨去沙漠里打柴，有时你还能听到沙洲城里鸡鸣狗叫的声音。

听的人不信。老人们看着有点失望，噗地吹落烟锅头里残余的烟灰，鼻孔里哼哼，不屑地说：那时的沙洲城，气候温和，到处是湖滩。城周围的农田都是肥沃的一把能攥出油的黄土地，居民们开垦荒地，引来漪泉河水浇灌，种啥长啥，年年大丰收。

人们安居乐业，日出而作，日入而息，逍遥快活赛神仙。物产富饶，便吸引来各地的商客做生意，沙洲城成为丝绸之路上最大的城市。城里南来北往的商人旅客多得不行，有卖茶叶丝绸的，有卖马匹皮货的，有卖盐巴粮食的，还有卖酒卖花的……繁荣无比。

沙洲城建在腾格里沙漠南端一块绿洲上，冬春两季有时也会刮沙尘暴，但风暴过去，就是蓝天丽日，人们也不在意，该吃就吃，该睡就睡，该怎样就怎样。

他们不知道，一场特大沙尘暴在更遥远的沙漠腹地酝酿生成，狂风推动着沙丘，翻滚着向沙洲城扑来。一个云游四方的老道恰好路过沙洲城，他夜观天象，知道大难来临，心中焦急万分。他想搭救沙洲城里这些善良勤劳的人们，但天机不可泄露，怎么办呢？他躺在床上辗转反侧，夜不能寐，扯断无数根头发，终于想出一个好办法。第二天一早，他身穿青色的道袍，头戴油亮的桃木冠簪，脚蹬白布袜和船形的云鞋，拿出牛角弯刀，将自己的左手划得鲜血淋漓。他忍着疼痛，从观内三清像前的供桌上取一枚新鲜桃子，用左手轻托，在沙洲城的大街小巷中大步穿行。他一边走一边高声叫道：“桃好，手不好！”孩子们觉得好奇，成群结队地跟在后面瞧热闹，而大人们则不解地望着他怪异的举动，更不明白“桃好，手不好”暗藏着的玄机，摇摇头，各做各的事儿去了。

日落时分，老道转了一天，见没有人听懂自己的话外音，各家各户的烟囱里冒出袅袅炊烟，只好不再叫“桃好，手不好”，无奈地长叹一声，托着桃子出城。到了东门，老道想最后看一眼这座繁华的城市，一回头，发现一个小孩跟在自己后面。小孩一双乌溜溜的大眼睛扑闪扑闪，和老道对视了一下，目光落下来——没有落在老道手中的桃子上，而是落在他结痂的伤口处。老道于心不忍，指着东门外一棵两三丈高的大榆树说：“小娃娃，别回家了，你围着这棵树转圈圈吧。”

那小孩的爷爷眼看太阳就要落到远处连绵起伏的沙丘后面了，还不见孙子回来，一问街上的邻居，才知道孙子跟上老道出了东门。他三步并作两步，急急忙忙地跑出东门，在暮色昏昏中，见孙子在东门外的大榆树下转圈儿。爷爷责备孙子道：“在这儿发什么魔怔？天都黑了，怎么还不回家？”小孙子就将老道的话一五一十地说给了爷爷。爷爷刚听完孙子的话，西北边出现百丈崖高的昏黄的风头，忽一下压过来，狂风登时大作，飞沙走石打得脸上生疼，更别说睁眼。祖孙二人无法回家，只好脱下外套，各自包住脑袋，围着呼啦啦作响的大榆树一圈一圈地转，以免被天上唰唰落下的沙子掩埋掉。

黑风整整刮了一夜，他俩也整整转了一夜。第二天天明，大风停了，太阳出来了，筋疲力尽的爷孙俩抹下外套一看，他们已经被风沙糊成了土猴儿，而围着转了一晚的那棵大榆树，只剩下树梢梢。再看看西边，都是一望无际的沙丘，哪里还有沙洲城的踪影？想想昨天的情景，爷爷恍然大悟，明白老道话里有话，“桃好，手不好”原来是“逃好，守不好”，奉劝人们逃离沙洲城活命。但事已至此，无可挽回，爷孙俩追悔莫及，朝着沙洲城的方向叩了三个头，恋恋不舍地离开沙洲城，向土门方向走去。走了几步，爷爷指着大榆树的树梢对孙子说：“记住，这就是沙洲城东门的照子（本地土话，意思是标记）。”

那场超级沙尘暴一屁股压掉沙洲城，尾巴一甩，形成7万多亩的八步沙，将丝绸之路的北路填埋隔断，也将古浪生生截为两段——东段为大靖片，西段为古浪土门片。

但风沙并未停下它肆虐的脚步，作为著名的风口及风沙策源地，每年春季寒潮南下，八步沙风吹沙飞，沙丘以平均每年七八米的速度向前滚动，摧苗拔寨，填沟压田，不仅严重影响周边群众的生产生活，还严重影响干武铁路和省道308的畅通。

是沙进人退，还是人进沙退，土门镇的人们该如何选择？

是逃，还是守？

土门镇人，注定与八步沙有一场较量。

第一章　新墩岭下

新墩是明长城在古浪段土门东北隅的一个烽火台，建在旱塬平缓的山岭上，与八步沙隔一条干涸的石河四目相望。山岭因烽燧得名，叫新墩岭。岭下北侧，有一块 300 多亩的旱地。

隔三岔五，台子村四队队长郭朝明就去新墩岭下溜一圈，看看队里的那块旱地。

郭朝明不甘心。好端端的旱地，平整松软肥沃，以前开春墒情好时，种上耐旱的红秃头小麦，到夏天庄稼成熟，就能长满一地晃晃悠悠金黄身子脑袋泛红的麦子。天蒙蒙亮，他一声喊，男女社员尽数出动，揣上饼子，提上开水，浩浩荡荡，来到新墩岭下。由于是旱田，无法浇水，小麦的根系扎在疏松的土下，收麦时靠两手拔。人们蹲下身子，双手轮换，哧溜几下，就是一大把。一个姿势蹲久了，腰酸背痛。辛苦个四五天，麦场上就会多出三四个圆溜溜的大垛。人们挑破手上捋下的水泡，喜滋滋地看着自己的劳动成果，觉得自己的付出太值得了。

有时候，一冬无雪，种小麦来不及，人们就会撒上糜种，套几对牲口，用耙将糜种耙入湿漉漉的沃土中。金秋十月，每亩定会有一二百斤金灿灿的糜子等你收获。这样，一冬的黄米稠饭就有了着落。

到了20世纪60年代中期，由于连年干旱少雨、沙害频繁，这些土地上渐渐堆积起沙丘，无法继续耕种。新墩岭的旱地不能耕种，本来缺地的生产队，土地显得越发紧张。

每次来，郭朝明望着被风沙掩埋起来的土地，心里都不是滋味：好端端的土地怎么就变成沙丘呢？沙洲城的传说难道要在这儿再次上演吗？

1968年的春天，天又刮起了沙尘暴，郭朝明戴上风镜，逆风而行，独自又向新墩岭下进发。妻子手里拿着一顶帽子，撵出门来，给他扣在脑袋上，唠叨着：

“别人刮黄风往家里跑，你刮黄风时往外跑。当个生产队长，就不要命了？”

他当作没听见，侧着身子艰难前行。

他知道老婆关心自己，可生产队长怎么了？自己当年在天祝当乡党委书记时，不也和现在一样全心全意为人民服务么？自己四十多岁的人了，啥事没经历过，还需要你教？

当年红军西路军过土门，在苏家墩包围了马步青工兵营，同村的王老二自告奋勇地站出来，向墩内的马家兵喊话，宣传红军政策，劝说他们投诚。墩上守敌向来骄横惯了，一听有人劝降，开枪将他打伤。王老二是生产队长吗？他为什么要冒着生命危险去挨子弹呢？后来，红军在土门大庙召开群众大会，李卓然到会讲话，宣传中国共产党的抗日政策，揭露蒋介石、马步青的罪行，得到群众的拥护。他们见红军战士身着单衣，脚穿草鞋，在冰天雪地里冻得瑟瑟发抖，便将自家的被子、毛毡捐献出来。村里的任焕等带头支援红军，还带领红军供给部门的负责人，到各商号里买布匹，让红军做棉衣穿。任焕是生产队长吗？要是谁都自顾自，共产主义实现得了吗？

想想过去的事儿，黄风似乎不那么狂暴，路就缩短了。当他踉踉跄跄站在新墩岭下，透过风镜，他发现原来这狗日的沙都是跳远冠军，那么宽的石河竟然挡不住它的脚步。随着劲风，它们从岸北边的八步沙起跳，呼啦呼啦，准确地落在他昔日养命的旱地里，接着向镇子方向狂奔而去。而他在开春时试种的几亩麦子，刚出土不久的麦苗，则被沙子打得灰头土脸，麦叶蔫败发卷，毫无生气。

郭朝明心凉了半截，一下子瘫坐在田地当中，缩着脖子，筒着袖口，将脊背对着风，任凭风吹沙打。他有点绝望。不是吗？他原想找到症结，对症下药解决问题，继续在这儿给生产队种口粮，让社员家家户户碗里的饭再稠一点，谁知情形出乎他的想象，让他没法驾驭。

郭朝明会临阵退缩吗？他觉得以前打仗时都不会，但这次会。想想全国解放那年，自己二十八岁，早已成家，成为三个女儿的父亲，可国民党的溃兵在西逃路上，顺便到村里来了，家里人听见薄薄的庄门门板哐当哐当响，赶快把他藏到院中的土豆窖里。溃兵们找不到年轻力壮的，哪肯善罢甘休，掘地三尺地找，他最后还是被搜到。一国民党士兵骂骂咧咧的，几枪托把他赶出来，被抓了壮丁当兵去青海。好在不久部队起义，他成为一名解放军。后来要进军红柳峡，翻越冰大坂，进疆平叛剿匪，解放军云集酒泉、安西一带，按年龄，自己完全可以选择退伍回家的，但他毅然选择跟随大军前进，按王震司令员的指示，“用大炮讲道理，用刺刀去教训”那些顽匪。

郭朝明在风沙里坐了一阵，起身回家，走了二十来步，他下意识地去摸口袋中的烟袋，见烟袋不见了，就返身低头去找。还没走到他坐过的地方，他瞅见了遗失的烟袋。在他弯腰去捡烟袋的时候，他发现一个奇怪的现象：平时，为了让麦苗茁壮成长，要经常薅去麦苗边的杂草，在这里，他发现有刺蓬、白花苦豆、黄毛柴等杂草的地方，麦苗却绿油油顽强生长着。他向旁边搜寻，又发现好几处发旺的麦苗旁边都有刺蓬、白花苦豆。原来是杂草保护了麦苗！

他萌生了一个大胆的设想，既然这些地不能种庄稼，能不能靠种草种树治住沙，来保护其他地方的庄稼？

他为自己的发现激动了，让风轻快地推送着，大步流星向村里走去。

但村里包括生产队班子成员的反应，却出乎他的意料。300 多亩旱地呢，只要耕种，多少还是有收成的。郭朝明反复给他们解释：沙丘已经堆积形成，没法耕作了。实在想种，家家户户就得去移除田里的沙丘，还得寄希望于八步沙风口别刮黄风，就是刮黄风，沙也别落在地里。种不成农作物，但种树行，树不怕风压沙打，还会保护生产队其他田地不受风沙的侵害。

班子成员中有人认为把自己的心操好就行了，其他生产队的心有其他生产队的人操。

郭朝明瞪起了眼睛：

"毛主席教导我们要全心全意为人民服务，你这思想可万万要不得！要是我们谁都各顾各，全国人民怎么能大团结？怎么能掀起社会主义建设高潮？"

有社员心里敲起嘀嘀鼓，打起小算盘：风沙撵上来，我就搬家，从村的北头搬往村的南头。

这下把郭朝明惹火了："好你个自私鬼，你搬到村南头，想让别人给你挡风沙？不把沙治住，你前脚走，黄沙后脚就撵上来，像当年埋沙洲城那样，直冲冲地要把你埋了。你哪儿去？天上去吗？"

大家见他说的在理，在随后召开的社员大会上，都一致同意弃耕植树，防风治沙。

趁热好打铁。1969 年一开春，郭朝明就到土门林场，购买了沙生苗木 8 万多株，带领生产队的社员齐聚新墩岭下，在风沙前沿地段进行栽植。那年，老天格外垂怜，土门一带降雨量大，土门种植的苗木成活率达到六成以上。

能在沙漠边缘栽活树，那是前所未有的事。新墩岭一般人极少去，但有羊倌专门跑去看景致，捎带着让羊吃林带里的草。那些羊只知道用薄薄的嘴唇捡拾草叶，只知道用坚固的门牙啃食树皮树叶，哪知道爱护树木的？哪知道郭朝明付出的一腔心血？每次郭朝明巡视树林，看到树木被羊糟蹋的惨相，气就不打一处来。

生气是白生气。他开始安排生产队上了年纪的社员前去管护，每天记十工分，相当于一个壮劳力在生产队挣的工分。但过了几个月，没人愿意去挣这十工分。他觉得蹊跷，问他们：

“又不让你干活，这么清闲，你怎么不愿意？”

一个社员挠挠头，嘿嘿一笑回答他：

“郭队长，去新墩岭看护树林，活儿是轻松，可整天不见个人影，连鸟都不来拉屎，急死人了，还不如在生产队和大伙儿一起劳动舒心。”

下了很大一番决心，在1970年的春天，他辞去生产队长，承包了这鸟不拉屎的地方，一边植树，一边看护，开始了他的绿色梦。

1978年冬，安徽小岗村18位农民以“托孤”的方式，冒险在土地承包责任书上按下鲜红手印，实施了“大包干”。这一按，成了中国农村改革的第一份宣言。小岗村从此闻名全国，由普普通通的小村庄一跃而为中国农村改革第一村。

寒来暑往，新墩岭下的甘苦，只有郭朝明和他的家人心里清楚。1973 年夏天的一个上午，有两个干部模样的人踏着自行车，沿着一条高低起伏的架子车道，到台子大队北边的农田，查看良种春小麦的长势及带田套种。

前面的中年男子挺成熟稳重，像是在思索着什么，将车子骑得不急不缓；跟在后面的一个年轻小伙则没心没肺似的，不时摁一下车铃，留下一串串清脆的响声。

前面的中年男子突然刹住车闸，一偏腿下了自行车，揉揉眼睛后定睛看了看，指着东北方的一片绿意融融的树林，对后面的小伙说："小张，你眼睛好使，看看，前面是啥？"

"是不是海市蜃楼？"这个被叫"小张"的小伙也刹住车，一条腿撑地，一条腿搭在自行车的横梁上，肯定自己的判断，"沙漠里不可能有树，肯定是海市蜃楼！"

"距离这么近，看起来这么真切，不像是海市蜃楼。"中年男子怀疑小伙的看法。

"我到跟前看看！"

小张说着，跳上车子，两腿一阵猛蹬，顺路向那绿意飞去，不一会儿就把自己变成中年男子眼中的小黑点。但一个声音也隐隐约约从那儿传来：

"李主任——，是树——林——"

这位被叫"李主任"的，就是时任土门人民公社革委会主任的李能儒。在自己管辖的八步沙边上，有一片树林，当父母官的他居然不知道！他加快速度，追了过去。越到跟前，那片林子便越清晰地把自己进行完美展示。那不是十来亩二十来亩的小树林，而是几百亩地的林带！褐杆绿叶的是榆树，铁杆银叶的是沙枣，白杆青叶的是花棒……看上去栽植的年限不长，给人以青涩未脱的感觉，但都已将根深深地扎在沙土中，在蓝天丽日下，在夏日的熏风中，在风沙线的前沿，自在地摇曳，尽情地生长！

李能儒吃惊之余，更多的是惊喜，这几年，八步沙风沙危害加大，自己一直考虑怎么治住那片沙，想不到朝思暮想去破解的问题，在这儿被人尝试着解决了。农民生活在社会的最基层，但他们朴素的理想扎根现实生活，脚步往往会走在领导干部的前面，领导干部就要紧紧跟上。这是李能儒得出的结论。日后他任天祝县委书记、县革委会主任，民勤县委副书记、书记，武威地区行署农牧处处长、地委经济工作部部长等职时，总是加强农村调研工作，虚心向农民学习。他在民勤工作期间，将古浪八步沙的一些先进经验进行了推广，在植树造林、防风固沙方面颇有建树，1988 年被评为全省绿化造林先进工作者，受到甘肃省人民政府的表彰奖励。

看到两位不速之客闯入领地，郭朝明从一个简易窝棚里钻出来，一言不发，警惕地打量着他们。直到近前，他才认出，这两人是公社的干部，其中一位还是李能儒主任，就赶忙招呼：

“李主任，稀客，稀客！”

李能儒愣了一下：这不是台子大队四队的生产队长郭朝明

吗？怎么窝在这儿？怪不得好长一段时间不见。但他现在的注意力在树林上，顾不上寒暄，直接就问：

“郭队长，这是你们生产队造的林带？”

“是。”郭朝明回答，“从1969年开始植，到现在已经植了五年。”

“这么干旱的沙上，你们能栽活树；对面的八步沙也干旱，你说，也能栽活树吗？”

“不容易，但能栽活！”

“好，郭队长，我就要你的这句话！”李能儒兴奋地握住郭朝明的手，用力抖动，“这下八步沙就有希望了！要是治住八步沙，我给你记头功，我给你树碑立传！”

郭朝明复员回来后，在天祝县古城乡当党委副书记，1960年回到家乡，又在漪泉大队（后来分为土门、台子、漪泉三个大队）当畜牧站长，从来把公家的事儿放在首位，这会儿八步沙还都没治理呢，就听李主任要给自己树碑立传，不知说什么好，使劲摇头：

“我是共产党员，一不怕苦，二不怕死，党叫我干啥我就干啥！将来给我戴大红花行，树碑立传可要不得，万万要不得！”

第二章　初战八步沙

李能儒回到公社，向公社领导班子通报了自己在新墩岭的发现。大家先愣住了，紧跟着有人跳起来反对：

“新墩岭的土质好，但八步沙和新墩岭不一样，土头薄，沙丘大，县上曾尝试着在八步沙植树造林，都失败了。春天种植的树苗，到秋天都成了干柴，活的树没几棵。”

“这怎么可能？”接着发言的，是公社的林业负责人，他好像见过似的，毋庸置疑地给与会者描绘沙丘上植树的场景，“八步沙是大风口，一过深秋，那儿就会刮一场又一场的西北风。树苗种到沙丘上还歇不了一口气，就会被风沙吹走，树苗的根露出来，很快就会被风吹干。”

“要我看，前景不容乐观。”另一位干部总结性地附和。

会议的气氛有些凝固，与窗外炎热的天气迥然不同。李能儒坐在桌旁一味地抽烟，把自己所有的希望和愤懑都掩藏在烟雾里。

“大家的担忧不无道理，不过，我看还是可以试一试。不试，谁知道到底成不成呢？”副主任单彦忠扭头望望坐在身边的李能儒，环视了大家一眼，继续说道，“我们先挑土质好一点离家近的区域植，然后逐步推进。”

李能儒见二把手支持自己，感激地向他微微一点头，把快燃尽的烟头猛吸一口，摁进烟灰缸熄灭，长长吁出一口烟气，动员大家道：

“各社队林场的树苗都长大了，生产队田间地头的林带已经形成，我们要将目光放长远一点，把造林范围向前推进，到风沙线上去。大家抽空到新墩岭去考察，要相信群众的创造性，跟上他们的步伐，然后依靠群众的力量，排除万难，争取胜利。我们还要发扬愚公精神，愚公挖山不止，我们也要植树不止。新墩岭的300多亩树林是实验林，是沙上能够成功植树的先例。要是八步沙树苗的成活率有新墩岭的一半，我就不信这八步沙治不住，我就不信沙洲城的悲剧会在我们土门重演！”

有人在下面悄声嘀咕说：

“李主任，你说的都对，可植树得有树苗，树苗得用钱买，我们公社哪里有多余的钱呢？”

一语惊醒梦中人，李能儒说声散会，拔腿到街上挤上班车，到县里去汇报治沙工作争取资金支持，去县林业局协调植树所需的树苗。

当年秋季，土门公社成立了植树压沙总指挥部，发动当地人民群众进行大会战，在八步沙义务造林压沙。在渐起的西北风中，八步沙的沙丘上红旗呼啦啦迎风飘扬。立在各大队醒目处的宣传标语上，写着一米见方的大字：愚公移山，战天斗地。公社文化政治宣传组的大喇叭响遏飞云，左一遍右一遍地广播各大队“治沙造林”表决心的挑战书，数百上千社员精神振奋，斗志昂扬，在沙丘间植树造林，力争完成上级下达的任务。

自此每年深秋初春造林季节，紧傍八步沙的漪泉、台子、和乐、土门、二墩等大队的壮劳力，天蒙蒙亮出发，揣一块黑面饼，提一瓶白开水，扛着铁锹，以大队或生产队为单位，吹响了向八步沙进军的号角。

郭朝明在新墩岭下植树治沙，有了一些初步的经验，除了到自己大队的治沙区域，还到别的大队的区域，指导社员们如何植树。有人对他发牢骚：

“郭队长，咱们植好咱们的新墩岭，八步沙让其他生产队去植就是！”

郭朝明拍拍他的肩膀道：“兄弟，别打你那个小算盘，多少年了，你的思想怎么还没改造过来？就你这想法，共产主义啥时候能实现？让你植你就植，毛主席说‘牢骚太盛防肠断’，你可要悠着点！”

有社员坐在沙湾里卷旱烟抽，郭朝明在沙丘上瞧见了，吼他，他嘟嘟囔囔对郭朝明叫苦：

“队长，也得叫人歇一口气么。八步沙沙子就像针尖一般细小，踩上去太窝脚，走路一步一滑，这活比犁地费事！”

有社员一边干活一边说：“没听说过沙漠里还能栽树的！

千万别年年栽，年年死，到时候瞎子点灯——白费油！”

沙丘起起伏伏，偷懒耍滑容易得很，不盯紧些可不行。郭朝明奔波在沙丘上。

贺发林以前在台子、土门、漪泉大队担任过主任、书记等职，从大队书记位儿上退下来后，公社领导见他上了岁数，干不动重体力活，照顾他，让他到新墩子岭一带协助郭朝明看护林带。平时他只看见沙漠一望无边的土黄色沙丘，只看见初长起来的沙米墩和花棒，只看见低矮的沙枣树和榆树，只看见沙蜥蜴卷着尾巴跑来跑去，现在见这么多的社员前来植树治沙，高兴得不行，给他们划定各自的区域后，从这个生产队跑到那个生产队，边聊天边监督他们好好栽树。

人们挖坑栽榆树苗沙枣树苗，见他拖着两腿，像从烂泥地里那样吃力地走过来，停下手中的活儿，直起腰，拄着锹，跟他开玩笑：

“今天中午不回家了，到贺书记家吃饭！”

“行啊，一顿饭还管得起。不过，你不要以为你给我贺发林栽树治沙。现在你不治沙，以后就是‘一夜北风沙骑墙，早上起来驴上房’，轮到你给别人管饭了！”贺发林气喘吁吁地说。

“以后到啥年代了？好远啊。今日有酒今日醉，管他明天喝凉水，以后的事儿以后再说。”

“好你个嘴上穷！沙洲城的传说听过没有？要是没听过，啥时候叫我家的中强子给你喧喧。”

在土门，沙洲城的传说妇孺皆知，在沙患的危害方面，最具说服力。大家一听贺发林提到沙洲城，脑海中过电影般，将沙洲城湮没的画面重新放映了一回，脸上的表情严肃起来，不再只图嘴的能说会道，胳膊腰腿手底下来了劲头，捋起树苗，甩起铁锹，对准沙丘一阵猛干。

“中强子”是贺发林的老三儿子贺中强，长一双大眼睛，虎头虎脑，机灵得很。

……

八步沙上栽树，风吹、日晒、沙打、羊啃，树的成活率确实不高，“年年植树年年死，年年老地方挖窝窝”。但沙洲城的传说确实是土门群众心头挥之不去的阴影，在他们精神松懈之时，会蓦地浮上他们的眼睑。因此，不论外面的人们怎么说道，土门公社的群众始终没有放弃，八步沙的造林面积一点点地扩大。为了加强管护，1976 年，土门大队的罗文奎、和乐大队的程海、二墩大队的常开国，加入八步沙护林队伍，连同台子大队的郭朝明、晏佩云、李发春，漪泉大队的贺发林，一起管护八步沙。

1978 年，晏佩云去世，李发春年老病退。1981 年，罗文奎年老病退。他们曾用自己的心血浇灌了八步沙的一草一木，他们普通得如同八步沙上的一粒沙子，但人们并没有忘记他们的名字。

第三章　揭榜与指头印

1979年开始，农村贯彻执行中央关于加快农业发展若干问题的决定和农村人民公社工作条例，推行农业生产责任制，出现了以“包产到户”为主的多种承包方式。原来“一大二公”的生产模式不复存在，生产队结束了自己的历史使命，田地承包到各户，单家独户自主生产。

八步沙的护林员原先靠挣生产队的工分，年底在所属生产队分红领取粮食，现在生产队解散，他们的生活出路在哪里？要是他们都回家种责任田，八步沙该怎么办？

他们走到了丁字路口。

其时的八步沙成为人们手中的鸡肋、心中的疼。因为从1973年起，古浪全县先后向八步沙投资20多万元，可数度春秋，几度会战，八步沙上除了看到沙地上匍匐的一些植被残根，就是些稀稀拉拉的歪脖子白杨。八步沙给人们的回报太少了。

是弃还是守？

当然是守。只是守法不一样了。1980年，古浪县林业局局长朱正南与局里的同志多次调研，又同土门人民公社主任陈百寿，副主任刘彦、严阳武等反复磋商，决定采取承包的方式，对荒漠化土地开发治理，试行“政府补贴，个人承包，谁治理谁拥有”的政策，并把八步沙作为试点向社会推出，以期彻底整治这片沙漠。

他们很担心，七八万亩绵延的大沙漠，谁有能力接过这块难啃的骨头呢？

他们把目光落在那些大队及生产队干部的身上。这些人见识较广，身上不乏热情与魄力，但年纪普遍偏大，干劲和能力怎么样？八步沙靠他们行吗？

“姜还是老的辣，没问题！”在自己的办公室里，朱正南踱来踱去，给自己打气，“治理八步沙，我看就得这些人挑头！”

反复磋商后，他拨通土门公社的电话，和公社领导陈百寿进行沟通，请他在第二天一早组织大队及生产队干部开碰头会。

那是1981年10月的一天，太阳将橘色的阳光洒向笔架山和砚山，秋风轻轻掠过白杨树梢，摇落几片黄叶，将最后一缕炊烟吹散，土门公社的大礼堂门窗洞开，将暑热散尽，里面凉爽宜人。从县上赶来的朱正南等三个领导，会同陈百寿、严阳武一起召开承包八步沙的会议。朱正南传达了县林业局制定的相关政策，并让随行人员在礼堂外的砖墙上张贴榜纸，让大队及生产队干部揭榜报名。

大家在章回小说中看过将军揭榜挂帅出战的故事，没想到现实生活中自己竟然遇到了，觉得很新奇也很兴奋，会议一结束，就蜂拥而出瞧着新鲜。

这是陈百寿放的大招，目的就是为了抓住群众的眼球，勾起潜藏在他们心底的英雄情结。土门一带的人们崇文更尚武，在历史上由来已久，他在土门工作生活过，洞悉这儿的文化。

果然，人们望着礼堂青砖墙壁上张贴的一溜儿玫红榜纸，都兴奋起来。

第一个揭榜的是校场大队的刘志福，他要承包的是家门附近的那片校场沙。在众人的议论纷纷和钦慕的目光中，他乐呵呵地去公社办公室办理承包手续。接着，第二张、第三张榜纸陆续被人揭下。但最后一张写有“八步沙”字样的榜纸，在人们的左顾右盼中,却一直保留在墙上,在风中不时地扬一扬底角。

没有人上前。

因为谁都在掂量八步沙的分量。几百人前去大会战，都治不好，你一户人家或者几户人家，怎么能治好？治不好，岂不给人们留下笑柄？怎么能在全公社的老少爷们面前抬起头？没有金刚钻，不揽瓷器活，这可是做事的底线。

谁有那个吃豹子胆的心？谁又有那个吞老天爷的胃？

朱正南望着榜前意兴渐渐阑珊的众人，鼓励他们道：

“八步沙的红榜就贴这儿了，大家回去想想，宣传宣传，谁要是愿意，欢迎前来继续揭榜！”

这时候，在濇泉大队当主任的石满第一个站出来，对其他人说："多少年了，都是沙赶着人跑。八步沙不治，土门子不富。治理八步沙，算我一个！"

接着，又有两位大队及生产队干部相继表了态。

尽管他们表了态，但石满心里总不踏实，他不知道有的大队干部和生产队干部为啥没有到会，治理八步沙，没有他们确实不行啊。

散会后，他去找他的老搭档贺发林，探探口风。在同一大队合作这么多年，他们熟知彼此的秉性，二人之间配合得相当默契。他坐在贺发林炕头上，伸手接过贺发林递上的旱烟盒，一边卷烟，一边说：

"贺书记啊，这次土地承包动作大，公社里也要调整大队领导班子，你已经退下来，我也想退下来。我们都闲着，另找个事儿干干，你看怎么样？"

贺发林知道早上公社里开大队和生产队干部碰头会，为承包八步沙选贤，也猜出石满到自己家里来的缘由和话中的意思，却不挑明，故意道：

"我五十六的人了，半截身子都快入土了，还谋什么事儿干？你岁数小，你肯定得找个事儿干。"

石满点燃旱烟卷，看了贺发林一眼，说：

"你有多老？七十还是八十？胡子搅到脚底下了？八十岁的老人门前站，啥时不断气，啥时才不吃闲饭。我有多小？还吃奶着哩吗？也五十一的人了，要是放在解放前，也算高寿数，我们的先人哪能活到这个岁数！”

贺发林不接他的茬，继续说：

“还找什么事儿？儿孙自有儿孙福！我们巴挣了大半辈子，没有功劳也有苦劳。现在包产到户好了，还愁子孙不给一碗饭吃？”

石满看出贺发林故意装糊涂，不想跟他弯弯绕，索性打开窗子说亮话：

“贺书记，你是我多年的老领导，我也不瞒你，我想去治八步沙！”

贺发林慢悠悠道：

“你治就找县上、公社的领导，我不过是八步沙以前的护林员，你跟我说这个没用。”

石满有点急眼，把早上开会及揭榜情景详细给他说了一遍。贺发林一听很高兴，心里暗暗想，这下算弹到一根弦上了，他毫不遮掩地自责道：

“我们当了多年干部，别的事儿都是费了心，出了力，办得差不离，就是没把八步沙整治好。这事儿没办好，对不起子孙后代啊！”

石满接过他的话头说：

“是啊，八步沙离村庄七八里远呢，起早贪黑来回跑，不好看护。要想彻底整治它，眼下还得靠我们这些老家伙费心费力，豁出老命，卷起铺盖，住在那儿，吃在那儿。”

两人正说着，时任台子大队党支部书记张润元走进来，他没落座，就插上嘴说：

“说的是！整治八步沙，就得我们大队干部带个好头。年轻人不乐意钻沙窝窝，干别的可以，去八步沙恐怕不行。”

石满见张润元有意承包八步沙，打趣地说：

“张书记，你还不到四十，正是年富力强的时候，书记当得缸子响，在全公社数一数二的，跟我们疯子扬什么场？”

张润元喝了口贺发林老婆递上的茯茶，放下茶杯，打着手势说：

“你们不了解我，我这个人，啥都想干一干。不念书后，我在学校当过通讯员，给学校的校长老师端茶送水，打扫卫生。后来做了学校的农村宣传队员。再后来，回到村里，大伙选我当干部，当团支部书记、党支部书记。如今土地承包下放，农民谁干谁的，这干部不好当，我索性就不当了，辞官斗一斗八步沙的黄龙。”

石满听了，站起身，紧紧握住张润元的双手：

“好，咱们一起干吧！”

贺发林也过来，将自己的两手叠加到他俩的手上，说：

“承包八步沙，也算我一个！”

三双大手紧紧握在一起。

随后，他们一起出外联系看中的另外几个人：郭朝明、程海、常开国、罗文奎等。罗文奎身体有病，觉得自己吃不动那苦了，就向他们推荐了弟弟罗元奎。

七人准备联合承包治理八步沙的消息像长了翅膀，很快传到各大队各生产队，大家听了议论纷纷，多数人表示赞成，也有一些人抱着怀疑态度。

赞成的表示钦佩，说："别人争着承包良田，他们却承包沙漠，都是我们公社的攒劲人啊！"

抱着怀疑态度的说风凉话：

"这些当干部的，心眼真多，冠冕堂皇地说什么去治沙？还不是看上那些承包费了！"

七人听见这些非议，再三表明，他们是为了治沙造林，不是为了捞钱。程海听得烦躁，他快人快语：

"你们要是认为八步沙是一块肥肉，谁喜欢来啃，我双手欢迎！"

这话怼得有水平，一下子堵住了那些说风凉话的人的嘴。

堵住外人的嘴，还得说服家里人。这是程海的长项。

老伴们怕老头子受不了那样的苦，不中用还将那把干骨头丢进沙漠里，没意义，就唠唠叨叨，没有一刻清静。程海前去充当说客：

"别看老家伙全身都是干骨头，干骨头上也有三两油呢！熬尽三两油，埋了就埋了，哪里的黄土不埋人？孔圣人培育了七十二贤人，自己也免不了黑白无常的索命绳；皇帝们拥有万里江山，也都免不了阎王的召唤。一个人活得有意义，活上几十年就好了；要是活得没意义，他活上一千年又能干什么？”

三言两语，就把老伴们拉后腿的问题给解决了。

当然，还有儿女们的牵绊，他们担忧地说：

“这把年纪了，还想抓天挠地？您怕我们小字辈不养活你们是不是？我们都大了，保准让你们享清福！”

程海听后嘿嘿一笑，道：

“娃娃们，话不能这么说。如果治不住八步沙，咱自己的刮金板让沙埋了，大家喝西北风去？今天享清福，往后讨饭吃。今后的土门子，就是以前的沙洲城！”

儿女们想想程叔说的在理，就不再言语。

程海说服众人后，大家觉得自己前面的路宽阔了不少，信心更足，就相约到土门公社揭榜。

没有人动，红榜依旧留在原来的位置。石满和程海乐呵呵地走上前去，两人伸出双手，捏住那张榜纸微微翘起的底角，同时往上用力一提，哗一下，将那张榜纸揭落在他们粗糙的大手中。

陈百寿主持承包仪式，看到这些前来揭榜的不是党员就是大队和生产队的干部，打趣道：

“你们要立个军令状，一定要把八步沙治好，再去见马克思。不然，老人家是不会收下你们的。”

石满反应快，他笑着回答：

“我们都是普通百姓，哪有见马克思的胆量？只要有脸见你陈主任就行了。”

闻讯赶来的朱正南悬起多日的心落到实处，他对眼前的这七位汉子说：

“还是村队领导干部思想觉悟高，我们县林业局完全支持你们！”

陈百寿给他们吃定心丸，开玩笑说：

“你们也别压力太大。我给你们一个缓冲期，你们先试着承包四年，等你们翎毛儿长了，翅膀儿硬了，觉得有了把握，再正式承包给你们。”

1985 年春，由土门乡乡长高天珍主持，在县林业局局长朱正南和办公室主任付元年的见证下，他们与土门乡人民政府正式签订承包经营八步沙的合同：

土门乡固沙造林承包合同书

为了提高固沙造林质量，加速对沙漠的治理，更好地发挥其生态效益和经济效益，明确责任，实行大户承包责任制，以土门乡人民政府为甲方，以贺发林、张润元、石满、程海、罗元奎、郭万刚、常开国为乙方，签订 1985 年固沙造林合同书，作为造林任务的执行和林木所有权的依据，双方共同遵守执行。

……

合同期为二十五年。春天作证，他们在合同中自己的名字

八步沙第一代人治沙现场（资料照片）

上面摁下了鲜红的指头印，虔诚而郑重！

从土门乡政府大院出来回家，途中，罗元奎喜不自胜，哼起《智取威虎山》中杨子荣唱的一段：

今日痛饮庆功酒，
壮志未酬誓不休。
来日方长显身手，
甘洒热血写春秋。
……

第四章　植树于沙

一开春，八步沙就是黄风的天下。

猫了一冬，黄风在腾格里沙漠深处把自己养得肥肥壮壮，一到开春就急不可待出来释放精力。开始几天，它挟裹一些无根的沙尘，一阵紧似一阵，在树梢上打个旋，呼啸一声，越过田塍，来到村庄。人们远远瞅见了，赶忙躲进屋里，嘭一声将它关在门外。黄风不依，它东掀西揭四处寻找，见人们紧闭的门窗还有些许缝隙，就把那些呛人的沙尘顺着缝隙往屋里塞。

持续些时日后，它变本加厉起来，动辄穿上臃肿的暗黄大氅，天上地下到处叫嚣喧豗。它踢断枯草茎，折断杨树干，掀起重重叠叠的沙尘浪，铺天遮地滚动，倏忽之间卷没乡村，扑向小镇，平日里招招摇摇的广告牌，刹那间被它吹得七零八落。

黄风凭什么这么张狂？不就是借助那沙漠嘛！沙定住了，不走了，你黄风还能有此能耐吗？

1981 年，秋高气爽的日子里，七个人选择了一个晴好的天气，驾着毛驴车，拉着椽子、麦草和铁锹，来到八步沙，在羊路与八步沙交界处的缓坡前，斩出一条两米宽三米长的斜壕，而后在斜壕上面担了椽子，苫上麦草，压盖些刚掘出的沙土，简单搭建了一间地窝铺。

古浪县首家联户经营的林场——八步沙集体林场——正式成立了，石满和程海为负责人。

没有鸣炮，没有牌匾，没有对联，没有办公桌。

垒几块砖，支一口锅，就算炉灶；吃一块馍，喝几口水，就算午餐。铺一条褥，盖一床被，就算休息。说个笑话，谈几句古，就算娱乐。

没有犹豫，他们说干就干。承包让他们感觉到今后的植树造林关系到他们的切实利益，县林业局给他们治沙造林每亩的承包费是 5 元（其中人工费 1 元，管理费 1 元，苗木费 3 元），那些钱是治理八步沙的，也是他们自己的，每一步走错，糟蹋的都是自己口袋中的钱。

知己知彼，百战百胜，他们要透彻了解八步沙，掌握它的脾性。想想，好多年在植树治沙，投了那么多钱，费了那么多力，栽了那么多树，但造林不见林，人民币白白让风吹跑了，让沙填埋了。八步沙的风沙厉害，厉害得不仅吃钞票，还吃树苗子，吃得又那么狠，连肉带骨头地吞，让他们这些刚填饱肚皮的贫困县的人们心疼。

治沙的办法不是天生的。刚开始，他们只能按“一步一叩首，一苗一瓢水”的土办法栽种树苗，每天下来，膝盖都跪得生疼。附近没有水，他们从三公里远的土门街，用架子车载大铁桶，一桶一桶拉来水，脚踩黄沙，一勺一勺浇树苗，像母亲照料自己的孩子一样。运水的空暇，他们拖一把铁锨，在附近游荡，东瞅瞅，西看看，寻宝一般，那时，碰上一棵白榆、一丛桦秧、一株沙冰草或是一墩绵蓬，他们也会情不自禁地凑上去看看，想发现它们顽强生存下来的玄机。

到后来，研究的方向逐渐集中：在刮黄风的天气，观察沙粒的走向，看黄风是如何“吃”树苗的。因此，他们挑选一片颇具典型性的沙丘，在那里建立了实验区。每次刮黄风，石满就拉上贺发林，戴上风镜，提上几棵树苗，迎着风沙，步履艰难地钻向八步沙。到试验区，他们先在迎风坡上栽下树苗，然后趴在旁边，不顾沙子将脸打得生疼，仔细地察看。但见狂风中，树苗努力抵抗，狂风一下子无法把它从沙里拔出来，于是改变策略，不断地吹走树苗根部的沙子，树苗孤独无助，根部的沙子就被风吹走了。树苗根部裸露，没了支撑倒伏在地，被风吹干或者被沙埋掉。

他俩看得目瞪口呆。风沙消灭一棵树苗，如砍瓜切菜一般。他们起身追上树苗，又把它栽在迎风坡上，栽得更深一些。但结局一样，不同的，仅仅是风挖出树苗花费的时间长了一些。

两人见迎风坡上就这样了，就下到背风坡下的沙窝里，将树苗栽下。那里风力大为降低，树苗根部的沙有增无减，等待了好长时间，树苗安然无恙。

回来后，他们聚在一起开诸葛亮会，两人将观察到的情况向其他人进行了汇报。郭朝明忽地记起当年新墩岭下杂草边麦苗存活的事儿，就将那事一五一十地讲述出来，临了，他这么说：

“要是有草挡在树苗前头，在树苗扎稳根之前，保护着它，那该多好！”

石满哈哈哈笑罢，觉得他的提议有道理，但问题是八步沙光秃秃的，满眼黄沙不见绿色，植被覆盖率很低，哪有那么多杂草给树苗挡风？

但他记着这条经验，有一次刮沙尘暴时，他和贺发林去了试验区，在迎风坡上，他特意找到一墩黄毛柴，在其下风向，栽下一棵树苗。果然，在黄毛柴盾牌的掩护下，树苗稳稳地立着，一直没被黄风卷走。

等沙尘暴再次来临时，石满叫上贺发林和郭朝明，同进八步沙。这次，他有备而来，背了半编织袋麦草。就在那迎风坡的沙面上，在其他两人的配合下，挖了树坑，压了两大把麦草，并在麦草后栽下一棵树苗。然后，三个人爬在树苗后两米处，仔细观察，耐心等待狂风掏空树苗根部的沙子，将树苗卷走。

结果出乎他们的意料——在麦草的拦挡下，麦草后的风小得多，不足以卷走树苗边的沙子，树苗似乎一点没受到暴风的影响！

三人意识到这次试验的效果意味着什么，他们从沙上爬起来，对着仍在劲吹的黄风大声喊道：

“我们成功了！我们成功了！”

他们把试验的结果总结成两条经验，作为以后治沙造林的一种可行性经验。

一是先治窝，再治坡，后治梁。

二是一棵树，一把草，压住沙子防风掏。

朱正南听到他们的试验出了成果，来到八步沙察看实验现场，并听取汇报，认为这两个经验非常好，鼓励他们将试验继续搞下去。

朱正南的肯定给了他们莫大的鼓舞，为了节省路上来回奔波的时间，七位老人都把“家”搬到八步沙，准备大干一场。黄风知道他们的心思，想把他们吓退，当夜刮起沙尘暴。狂风掀掉地窝铺的上顶，像开着推土机似的，把沙子一股脑儿推向地窝铺。要不是他们感觉不妙，扯起被褥一个拽一个爬出来，就全给沙子埋在地窝铺里了。老人们头顶被子，围坐在背风处，在黄风的叫嚣声中瑟瑟发抖，直到天亮。

贺发林是个乐天派，望着灰蒙蒙的天和四周新堆起的流动沙丘，吐掉嘴里硌牙的沙子，打趣大家说：

“我们太着急治理八步沙了，搬家时没顾上选个黄道吉日，差一点儿被黄沙活活地埋在地窝铺里。不过真要叫黄沙活埋了，倒是省得儿孙多花钱。”

张润元看大家一言不发地坐着，灰头土脸像盗墓的，笑着反驳：

“咱们刚到这儿，脚跟都没站稳，就想着死？真要这么死了，别说见马克思，就连我们的老祖宗都没脸见。人家会笑话我们：你们这些大队干部，尽吹牛放炮，还揭榜跳脚地想治八步沙？现在看，治沙的事八字不见一撇，就做了风妖沙魔的牺牲品，全军覆没了。”

郭朝明的岁数比谁都大，开口说道他俩：

“大清早的，你们尽说这些不吉利的话，有完没完？我看这次沙尘暴突然袭击得好，当头一棒，把我敲醒了：进了八步沙，不能睡安稳觉！”

罗元奎抖抖被子上的沙，然后重新裹到身上，接过话头说：

“万里长征才走第一步呢，黄风这狗日的，就想要老汉们的命，可老汉们醒着呢！”

常开国慢慢在手心里卷一根旱烟卷，将旱烟卷卷得头尾粗细均匀，紧绷绷的像个艺术品。只是风还没消停下来，废了两三根火柴，烟卷点不着。他说：

“咱们命硬着呢，哼，沙尘暴算啥玩意儿呢！”

程海戴正蓝色的扇扇帽，像是还未从昨晚的惊魂一刻中摆脱出来，面色有点凝重，慢悠悠地对常开国说：

“这凉水泼得好，我们不能大意。”

“对，泼点凉水好！”石满站起身来，他琢磨着下一步怎么行动，“清醒了，就合计合计，怎么样治住风沙，好给马克思交账！”

张润元点子多，他卖了个关子说：

“依我看，要彻底地根治风沙，光靠我们老汉几个不行……”

“咋不行？”郭朝明误以为他动摇了，有点忐忑不安，“那天，你还给我们上毛主席的‘老三篇’，大讲愚公精神，没过多少个时辰，你就小看自己，说我们几个老汉不行？尽说不吉利的丧气话！”

石满按了按郭朝明的肩膀，要他别激动，仔细听张润元的下文。

“郭队长，你不是口口声声要我们说吉利话？”张润元看着脸色涨红的郭朝明，说，“我是想请一位爱说吉利话的老汉来，为我们说好话。”

“谁？”郭朝明站起身来，将陷进沙子中的两只脚交替着从沙里拔出来。

“灶王爷！”张润元嘿嘿一笑，亮出自己的想法，“我们要灶王爷带全家整治风沙！”

大家这才明白了他的想法。郭朝明的眉头也舒展开来，脸上的皱纹里有了笑容，他指着张润元胸前兜里插着的一支钢笔说：

“这只钢笔没有白拿！念的书多，肚子里的花花肠子就是多！”

罗元奎一直听他们说话，这时也开口说：

“我有个想法，我们拿出自家的一两亩承包地育苗，降低树苗成本。每株苗要带半斤麦草，落实‘一棵树，一把草，压住沙子防风掏’的想法。我们内部自己也要划片承包，各家压好各家的沙，谁的办法谁想，自己压也罢，动员亲戚邻居压也罢。”

大家觉得罗元奎的这想法也挺好，心里亮堂了许多。

接下来，由石满主持，将八步沙分成若干片，各家治理各家的，各家管理各家的。前提只有一个：保质保量按时完成。

计划容易执行难，对于八步沙林场的承包者也是一样。我们先做一道数学题：一般情况下，每亩沙地至少需要栽种 230 棵树苗，才能有效治沙，按每棵树苗 5 分钱和半斤麦草的标准，如果每斤麦草 3 分钱，需要购买麦草多少斤？每亩地需要花费多少元？

0.5 斤 ×230=115 斤

3 分 ×115+5 分 ×230=13.94 元

往八步沙里拉运麦草，毛驴车一次拉得太多，是运不进去的。只能分两次运：先将麦草运往八步沙，再分批运进沙漠。这得往返多少次？没法统计。

还有麦草钱。县林业局每亩的苗木费是 3 元，这儿单麦草每亩就需要 3.45 元，多出的这钱该谁出？好在并不是沙区每处都是迎风坡，而这些人家本身都是农民，家家有麦草。买别人家的麦草得掏钱，自己家的麦草用得着掏钱么？这是一笔糊涂账。“难得糊涂”，糊涂账也好。

这样下来，就没足够的钱买树苗。但这也好办，各家不是都有承包地吗？每亩种 5 万株，每家拿出二三亩地种树苗差不多就够了。

承包地里不种小麦种树苗，不吃粮食吃树苗吗？不是，农民的产出就在地里，每年总得粜一些粮食，变成现钱花。现在不粜那些粮食了，挣别的钱花。

从哪里挣钱去？不是每亩地有 1 元的人工费和 1 元的管理费吗？

他们想到的是这个钱。

当时，关于家庭联产承包责任制有个讲究的说法是：交够国家的，留足集体的，剩下都是自己的。他们的是：算上家里的，算上补贴的，花剩下的都是自己的。

那就挣去吧。

但挣这个钱谈何容易。按承包合同的要求，他们必须在沙土封冻前植完树。偌大的八步沙，一眼望去漫无边际。一到深秋，气候冷凉，蒸发量低，树苗栽种不久，沙土便封冻，保湿保墒，春天树苗容易成活，是植树的黄金季节。由于时间紧，任务重，各家不得不动员家里的老老少少共四十多口人全部上阵，最小的姑娘只有十四岁。饿了，吃点馍馍；渴了，喝口凉开水；累了，躺到沙丘上歇一阵。扬起的沙尘附着在脸上脖子上，足有铜钱般厚，手指一搓，就能搓下来。衣服上的汗干了又湿，湿了又干，汗渍白花花的，衣服发硬，脱下放地上，几乎能直立住。每天天刚放亮开始，到天黑下来结束，一天下来，他们都不知道自己的腰腿胳膊手还是不是自己的。

那时罗兴全年纪尚小，刚在课本上学过《愚公移山》一文，在星期天和父亲罗元奎植树，他爬上山丘，看着碾轱辘一样翻滚到天边的沙丘，再瞅瞅沙坡下眼前自家植的那些树、压的那些沙，对他父亲说：

“爹，你们简直就是愚公在移山么。”

当时，他万万没有想到，将来他会成为八步沙的接班人之一，成为第二代“愚公”。

因植树进度与实际要求还相差很远，他们又不得不死乞白赖地动员亲朋好友，甚至到自己村里挨家挨户雇请劳力，现场手把手地传授埋草植树的方法后，在浩瀚大漠中拉开阵势，种沙枣树、白榆，种花棒、红柳。他们像机器那样准确而机械，压草，栽树苗，压草，栽树苗……直至一个多月后，完成植树压沙任务。

风沙是无情的，它并没有被七位承包人的诚心所感动，第二年开春，黄风刮起来了，狂风飞沙，如往年无二。没几次，他们植的近一半的树苗，不是被沙尘暴连根拔起，就是被沙尘掩埋。树苗的成活率不足四成。

“在光秃秃的一片沙漠中，造林非常困难。那时候沙漠里寸草不生，也没有草保护树苗。第一年我们造的林，第二年春季，一场大风就把六七成的苗子刮没了。”回忆起三十年前的治沙经历,张润元至今还为那些被风沙席卷的树苗感到惋惜。

即便这样的成活率，也远远超过以往任何年份。

他们并不满足，成活率不足四成，意味着大部分的承包费就白扔了，这也太糟蹋钱了嘛。他们就向县林业局的技术员请教，一同发现问题，解决问题。在技术员的指导下，对自己的治沙方法进行改进，在固定沙丘周围构筑立体固沙体系，在活动沙丘上种植饲草灌木。

他们把成活的结果向朱正南进行汇报，并向他做检讨。朱正南安慰他们：

“检讨什么？那是天灾，谁能防得住？植，继续植！”

第一代治沙人用毛驴车拉水浇树（资料照片）

此后，县林业局根据他们的治沙实际情况，将承包经费适时地从每亩 5 元，调整到每亩 20 元。他们没嫌少，知道这是古浪这个国扶贫困干旱县，为他们的植树压沙事业提供的最大支撑。他们恨不得把一分钱掰两半花，又拉上架子车，走村串巷地购买干麦草，以草保树。

1984 年的春天到了，在他们眼里，这个春天真正成了他们盼望着的春天。经过黄风数次的严格检验后，他们所种的树木成活率达到 78%！望着一棵棵自己亲手栽种的树苗抽叶吐绿，七个铁骨铮铮的汉子紧绷的心弦暂时放松了下来。

第五章　禁牧于沙

一般人都认为树木是：三分栽，七分护。在八步沙这儿，则将管护提到空前的高度：一分栽，九分护。

八步沙里最难的不是种树种草，而是看管养护种植下的草木。好不容易种下的草和树，一夜之间就会被附近村民的羊毁坏。因此，防偷牧、防畜啃等成为他们的基本功课，他们像疼爱自己的子女及眼睛一样，万分珍爱这儿的每一棵沙生植物，精心呵护着它们茁壮生长。

当初在羊路与八步沙交界处搭建地窝铺，主要考虑的就是家住村子远，来去耗费时间，也不方便管护。这地窝铺成了他们临时的“治沙指挥部”和住所。白天，他们在沙漠里劳作，地窝铺闲置。傍晚，他们返回，在地窝铺门口用三块石头支起铁锅，从塑料桶里倒入半锅水，寻来干枯的柴草，烧开水，拌几把面粉，调上醋和盐，撒一把沙葱和沙芥（有季节限制），一人舀一大碗，就着从家里带来的馒头，呼噜呼噜填饱肚皮，睡在地窝铺里守护。

六老汉在居住的窑洞前生火做饭（资料照片）

羊路是当地人对一条壕沟的称呼，通过那条沟，羊群可径直到八步沙及其周围干旱的草场放牧，而不需要绕道，是附近村庄的人到八步沙放牧的主要通道。他们以羊路的延伸方向划界，以南由郭朝明、罗元奎、张润元负责，以北由石满、贺发林、程海、常开国负责，禁止羊倌去八步沙防护林里放牧。石满是林场的负责人，也不例外，被编入管护队伍，他经常说的一句话是：

“狼把羊咬死了，狗的鼻脸上也害臊哩，在八步沙栽活一棵树太不容易，要是让羊啃了，让人砍伐了，让火烧了，都是不可饶恕的事情。”

在春末夏初的一个多月里，为了保护好树，为了不让人铲草，他们早晨天麻麻亮就起床巡视，每天日头落尽才出沙窝。

1981年，八步沙承包改天换地，可周边部分居民的生活及思想状况没有变，他们仍然遵循以前的习惯，将羊赶到阔天宽地的八步沙，让羊群去啃食林间沙丘间的沙蓬、刺蓬、沙冰草等，一日不落，以期羔羊尽快膘肥体壮卖个好价钱，贴补家用。

不让周边的居民到八步沙放羊，岂不是断了居民们的财路？纠纷由此发生，怎么解决？

古浪县政府最初的举措可上溯到1976年10月，县革命委员会发布关于保护山林和北部防沙林带的布告，严禁在北部防风固沙林带、封沙育草区、人工幼林区内刨柴、拔草、放牧。但在人们食不果腹的年代，这不啻一纸空文。

到了基层，比的是谁厉害。

为了鼓动大家“厉害”起来，石满在会上说：

“每天拿着县上发的管护费，就要管好树护好沙。村里的羊啃了树，我们怎么给县上交待？狼把羊咬下了，狗的鼻脸上也害臊哩。”

我们先看看那年他们的年龄：郭朝明，60岁；贺发林，55岁；石满，51岁；常开国，50岁；罗元奎，46岁；程海，45岁；张润元，39岁。不说别的，单这年龄结构，他们中大多数人已过了跟人争勇斗狠的岁数。但为了八步沙，为了“狗的鼻脸上不害臊”，他们忘了自己的年龄，将自己豁出去了，碰上能说服的就说服，碰上该翻脸的茬就得翻脸。

程海因为说话硬呛，被乡邻们称为“臭皮”，好像一天不和羊倌或偷草的人吵两回，就会觉睡不着，饭吃不香：

“你们这些羊倌，羊啃树你们也不拦挡，长心了没有？在沙漠里栽活一棵树容易吗？”

他也会给他们讲道理：

“树死了，草没了，挡不住沙，沙尘暴来了，把地里的庄稼苗打死了，埋掉了，看你们吃啥？”

这是一种处理方式。

贺发林每天天刚蒙蒙发亮就出门，带着水壶干粮，提着一根四尺长的棍子，在分给自己的区域上巡视。他踏着一步一陷的沙子，今天顺时针走这半圈，明天逆时针走另外半圈，不管天气如何变化，待傍晚羊群全出了沙漠，才拖着疲惫的双腿回家，或者回到地窝铺。他提着的棍子，不是用来打架，仅是为了给自己壮胆。

一次，附近的一位村民，赶着100多只羊到八步沙的林地里放牧，每次贺发林拦挡，他都提着放羊棍，要和贺发林干架：

“沙漠又不是你们的，我们也有份！”

“我们承包了，我们植的树，怎么不是我们的？”贺发林也不让。

“你碰一下我的羊，你试当！你不让我放，你叫我哪里放去？到你家的锅灶上去放？”

反复多次，贺发林见其一意孤行，就把这件事反映到林业部门，最后经林业部门调查核实，对那村民给予了200元的罚款处理。

还有其他处理方式。

石满1951年至1955年当解放军，在甘南剿过匪，看护树林，自然是小菜一碟。

八步沙里栽有沙枣树，沙枣树防沙，但红丢丢的沙枣也极其诱人，尤其在物质匮乏的年代，对于那些孩童而言，太有诱惑力了。经过数月的拦挡，孩童们知道不能从羊路经过，往往骑着自家的牲口，从斜刺里偷偷摸进八步沙的林子，而后撒开牲口，任它们自由采食，自己则挑一棵挂满辫子般沙枣的沙枣树，手脚并用攀上树摘沙枣。

石满远远吆喝一声，然后黑着脸，从旁边的沙丘上直冲冲撵过来。原来他经常坐在最高的沙丘上观察四周动静，一有情况，马上就赶过来。孩童们吓得跑出林子好远，回头远远瞧见他坐在一个沙丘顶上歇息，才收住脚步。

来一趟不容易呢，不能空着手回去。孩童们一嘀咕，叫牲口们有一嘴没一嘴在戈壁滩上捡拾低矮矮的草墩吃，自己则掏出扑克玩起来，希望耗走他，以便重新进到林子里去放骆驼捋沙枣。孩童们玩扑克玩得没兴致了，可石满始终像一尊泥塑的佛爷，一动不动地端坐在那儿！孩童们怕牲口吃不饱肚子回到家里受爹妈的责罚，不得不悻悻地离开，另找地方放牧。

到后来，八步沙经过管护，生态环境大为改善，树绿了，草长长了，人们知道他们白天看护得紧，赶着羊群前去放牧太醒目，就改变方式，在凌晨三点人们睡得最香的时候，偷偷到林子里去铲草，一铲一大片。今天这处，明天那处，跟他们打游击。老汉们只好分组，轮流蹲守。晚上，他们在地窝铺丢个盹儿，到凌晨，翻身起来去巡林，弄得自己非常疲惫，白天干活时总是提不起精神。

于是，他们商量如何解决问题。石满首先亮出自己的观点：

“宽是害，严是爱。不仅要管，而且要严管！我们不但要做咬定青山不放松的愚公，还要做铁面无私的包公！”

张润元不只是讲问题的人，他也是面对眼前的问题会去着手解决问题的人，他在学校待过，懂得教育及规则的重要性：

“我们要教育群众，给他们定规则定制度，让他们明白什么该做，什么不该做。”

常开国像领导讲话那样道：

“对，定规则，‘先说响，后不嚷’。为了子孙后代，为了老百姓将来能过上好日子，不能姑息迁就。”

在石满的主持下，由张润元执笔，你一言，我一语，他们起草了八步沙的“土规则”：

八步沙护林公约

为加强保护八步沙林草资源，根据古浪县《关于保护山林和北部防沙林带的布告》，结合本林场实际情况，经集体讨论研究，制定出下列护林公约：

一、本林场一草一木都属本场集体所有，凡在本场人员及其亲属，不得私自砍伐树木，不得私自放牧铲草，不得私自进行其他生产活动。

二、其他非本林场人员不得擅自进入八步沙林场，不得擅自砍伐树木，不得擅自放牧铲草。

三、若有违反者，一律按滥伐林木论处，没收原物，并处以原物价值的十倍罚款。

四、本林场内严禁擅自用火，对造成火灾损失，由起火者承担一切损失赔偿，情节严重者交林业主管部门惩处。

五、对破坏本林场草木检举揭发有功者给以奖励，按照罚金的 60% 奖励给举报人。

六、护林员应认真履行管护职责，不得徇私舞弊。若造成所管护林木损失的，视情节轻重，处以 100—500 元的罚款。

七、对殴打护林人员、阻挠护林人员工作，轻者处以 50—200 元罚款，重者交行政公安机关惩处。

八步沙林场

1982 年 4 月 1 日

“土规则”首先对自家的亲戚朋友约法三章，秉公办事，目的是“杀鸡给猴看”。至于后面的罚款，不过是吓唬村民的幌子。

他们买了十多张玫红纸，请袁良玺、石麟山、程暇年等当地有名的书法家，誊写“土规则”，到八步沙附近的村庄张贴公布，进行宣传。

想法很好，执行起来难，有些群众遵守，可有些群众还是不遵守，怎么做才能将八步沙“封”起来？

“咋没法子？”程海说，“给上级上书反映，要让我们整治好八步沙，就不能在八步沙周围放牧牲畜。”

“请上级配合？”罗元奎不大认同，“办法是个好办法，就怕上级领导不听你的。”

程海以前当和乐大队的水利主任，碰到一些自己解决不了的问题，给上级反映后，往往能顺利解决，他按他的经验出牌：

“不试当怎么就知道不听我们的？先给上级反映嘛！”

张润元能说会道，他们就把这任务交给他去完成。

正在他们焦虑时，朱正南给他们传来了喜讯，省上做出决定，要采取有效措施，防止干旱县的植被破坏。县里立即执行省里的决定，制定了有效措施，首先做出封闭几片沙漠灾害严重区的决定，其中包括八步沙。

随后，朱正南来到八步沙察看了治沙现场，听取了植树汇报，对他们说：

“你们拟出八步沙护林公约，到各村张贴，算是胜利走完了第一步。现在，县上及各乡镇出面帮忙，决定封闭沙区，撤走牲畜，停止对沙区植被的破坏。村民们接受这决定得一个过程，你们可‘好借东风使大船’，继续做好你们的禁牧文章。”

古浪县政府出台封闭沙区的政策，成为他们的护身符，使他们的腰杆硬气了很多，但让周边村民完全丢掉放牧的传统，却不容易，这种状况一直持续到第二代治沙人。

那是2001年的一天，有个羊倌又偷偷到林场放牧，近200只羊钻进了程生学看护的林区，程生学巡沙看见羊群在大嚼花棒的嫩枝鲜叶，远远地冲着羊倌叫了声：

“先人们辛苦栽下的树，你咋舍得让羊啃哩！”因为都是附近的人，彼此虽然很少打交道，但都了解对方的底细。尤其羊倌，他们对八步沙每个人的脾性、每个人巡护的区域更是了如指掌，以便随时软处挖窝窝。

这羊倌知道程生学准备接替他父亲到八步沙，正在锻炼羽翼，知道程生学性情善良老实本分，知道自己做了软蛋以后就别想顺当在八步沙放羊了，就横在那儿不动，冷眼睥睨他道：

“这里不让放，你叫我哪里放？”

程生学见他这态度顽劣，赶过来，捡起掉在沙上的一根枯树枝，将他的羊往外轰。

那羊倌见软的不行，便来硬的，抄起手里的放羊棍，劈头盖脸打下来。程生学眼睛近视得比较厉害，躲避不及时，当头中了一棒，一下子懵圈，跌倒在地，瓶底厚的眼镜也掉在一边。但他强忍着剧疼站起身，一把拖住那羊倌，说：

“你厉害，好，我让你打！今天你就算把我打死，我也不让你放羊。”

那羊倌急了，举起棍子朝程生学的身上、胳膊上抽，但程生学始终不松口。

羊倌见他连命都不要了，自己真软蛋了，强行挣脱开他，赶着羊一溜风出了八步沙，到别处放牧去了。

就这样，他们几个人将力量凝聚在一起，发挥了凸透镜聚光于一点的作用，经过数十年如一日锲而不舍的管护，不论是周围的羊倌还是放牲口的孩童，都知道八步沙的这些人难缠，慢慢寻思别的地方或者寻找别的出路了。

八步沙已改往日的容颜，他们能不来，就不来了。

第六章　无烟的火灾

1984年的夏初，程海在巡沙时，发现沙枣树上生了蛆。这种蛆头上长角，静听，好像还能听到它咀嚼沙枣树叶的沙沙声。

起初他不在意，沙枣树叶上出现的这种淡绿色的蛆是干什么的。念头稍闪即逝，他也没多想，觉得沙漠里缺少的就是活的东西，它们来就来吧。过了几天，罗元奎巡沙回到场部，碰见程海，在抽烟的间隙，罗元奎说：

“程主任，今天碰见了奇怪的事，沙枣树上怎么生了一种蛆，把沙枣树叶吃得窟窿天窗的，也不知道你那边怎么样？”

程海点燃烟，咂了两口说：

“前几天我就发现了，这几天我一直观察，发现我巡的沙上越来越多，准备问问你们巡的沙上有没有这东西。”

“我的沙上有，你的沙上有，别人的沙上肯定有，一会儿他们回来再问问。”

两人收拾锅灶，准备烧水做饭。石满来了，程海就问他：

“石场长，你的沙枣树上有没有发现一种淡绿色的蛆？”

“没发现蛆。”石满放下背包水壶，坐在小凳子上歇气，“发现东边张家羊圈上的一群羊，给撵得远远的了。”

正说着，贺发林也来了，显然渴坏了，端起自己茶缸里早上喝剩的残茶，一饮而尽，觉得还不解渴，又端起石满茶杯里喝剩的残茶，牛饮下去。程海开玩笑说：

“今天吃肉了？沙漠里逮到野鸡还是兔子？生吃了还是火烧了？”

贺发林抹去嘴上的水珠，说：

“想得美——即便沙漠里野鸡兔子乱跑，我还得有石主任那般的枪法！”

“言归正传，贺书记，你巡沙时有没有发现一种淡绿色的蛆？”

“没有注意，我倒是发现白花苦豆上面有大青虫。”

“大青虫？我也发现了，还挺多！”郭朝明未见其人，先闻其声。他和常开国、张润元一道回来，听见屋内贺发林说大青虫，因此边进门边跟着他的话音说。

程海往灶内送了一把柴火，看着升腾的火舌欢快地舔着黑乎乎的锅底，纠正视听：

“我们的沙枣树上有一种淡绿色的蛆，不知道你们的树上有没有？”

张润元这才听明白了，说：

“有，昨天我看见过，不多。”

郭朝明用湿毛巾擦了一把脸，说：

“我巡的沙上也有，多与少，没仔细留意。”

“没见过蛆，但看到过被吃烂吃残的沙枣树叶。”常开国也说了自己沙上沙枣树的情况，吃烂吃残的树叶显然是虫子所为。

不管是淡绿色的蛆，还是大青虫，都让石满心里一凛。大青虫的危害他曾在古浪河滩里见过，每株白花苦豆上有两三个大青虫，它们将白花苦豆的叶子啮噬得干干净净，再吐丝把自己挂在白花苦豆的光秆上。白花苦豆顶端干挑着三四个豆荚，因没有叶子，里面干瘪不见豆子。一眼望去，生过虫害的白花苦豆沙地，就像火灾过后一般凄惨。白花苦豆的固沙效果也很好，因此大青虫对沙漠危害不是一般的大。现在，再出来个淡绿色的蛆，肯定不是好事。他皱着眉头，说：

“夜猫子进宅，无事不来。明天一早我们每个人仔细看一下自己管护的沙，明天中午，我们都来这里集中汇总情况，看怎么收拾这些破坏分子！”

大家都赞同。罗元奎还插话道：

“人砍掉，羊吃掉，还为社会做了贡献。叫蛆吃掉，这算啥事儿呢，太亏！”

一夜无话。第二天一早，大家吃过拌面汤泡馍，背上水壶进了各自管护的沙漠，去察看虫害。林业有害生物被称为“无烟的森林火灾”，是目前我国乃至全世界范围内针对森林健康和林业产业最严重的威胁之一，而他们在八步沙栽种的林木，主要是白榆、花棒、沙枣树、柠条、红柳等，树种并不单一，但由于树龄较低、缺乏天敌等原因，很容易受到有害生物的侵袭。

中午聚一处时，情况不容他们乐观：每个人管护的沙上都有这种蛆！

不知道这种蛆到底是什么的幼虫，更不知道如何去防治，石满立即派程海多逮几条，装到纸盒里，去古浪县城向县林业局的专家汇报并请教。

程海从沙枣树叶上逮了5条虫子，装进纸盒，双手小心翼翼捧着，坐县城班车来到县林业局。朱正南正好在局里，一听八步沙发生大面积的虫害，他当即召集局里的几名技术人员进行辨认确定带来的样本。他们得出结论：那5条虫子中，4条是天蛾的幼虫，1条是尺蠖蛾的幼虫。

这样说，八步沙同时有两种害虫在危害沙枣树。天蛾、尺蠖成灾，可造成沙枣树叶残损，树梢枯萎，沙枣树就此停止生长，降低在八步沙的防风固沙效益。朱正南是老林业人，深知这种危害性，但不能确定这种危害性究竟有多大。他问程海：

“你们数过没有，一立方米的空间里有几条？”

这调查太专业，程海不好回答，估算着报了个数字。

朱正南不太满意，但他知道这也是目前最好的回答，转头问那几位技术员：

“治这些害虫用啥药效果好？”

一位技术员想了想回答他：

“天蛾幼虫得用辛硫酸乳油稀释喷洒，尺蠖蛾幼虫得用有机磷杀虫剂或菊酯类杀虫剂喷洒。”

另一位技术员补充道：

“天蛾肯定成灾了，不知道尺蠖蛾成灾了没有？”

程海喝了一口茶，对朱正南说：

“朱局长，白花苦豆叶上也生了大青虫，您看需不需要防治？”

朱正南抬腕看看表，对程海说：

“今天下午赶去也晚了，明天一早我们到八步沙具体看看。”

第二天上午，石满、程海等六人在八步沙场部等着，九点钟左右，朱正南和副局长张万成带着两位技术员驱车来了，没讲什么客套话，也没进去喝口水，与张万成各带一名技术员，由六人领路，分头进沙察看统计灾情，约定一个半小时后在场部见面。

专业人员就是专业，绕了一小圈，就知道灾情的轻重及面积。到场部碰头，他们确定了八步沙虫害灾情：沙枣树天蛾、尺蠖蛾和白花苦豆大青虫虫灾，由于发现及时，均为轻度灾害。

大家以前没有大规模防治森林虫害的经验，一听这么多虫灾叠加在一起，有点着急。石满恳切地说：

“朱局长，您说咋办我们就咋办，我们倾家荡产也行，千万别让虫子祸害了八步沙啊！”

朱正南拍拍石满的肩，环视了其他人一眼，说：

“大家别担心，你们八步沙林场纳入在国家三北防护林体系里面，防治药具药品由国家承担，技术由我们指导，出力气的活由你们干。”

七人觉得有了希望，心情放松，凝固成一团冰雪的气氛活跃开来，纷纷笑着说：

“我们最不怕的就是出力气，朱局长你放心，只要能消灭那些害虫，我们不睡觉都行！”

“好，我要的就是你们的这股精气神！”朱正南一拍大腿，指着一位技术员，给张万成安排，“张局长，麻烦你和小李跑一趟土门镇，给局里打电话，调用器械、药品到八步沙来。”

张万成起身招呼司机去土门镇政府，朱正南对另一名技术员说：

“小赵，你教他们如何配药配水喷药。”

那位叫小赵的技术员趁小车未走开，从小车的后备厢里抱来一个大塑料水桶和两瓶农药，手把手教他们如何配药兑水：

“看这里都有字——不识字也没关系。蓝瓶的是辛硫酸乳油，棕瓶的是溴氰菊酯乳油，这要记住。蓝瓶的防治沙枣树上的天蛾幼虫，棕瓶的防治沙枣树上的尺蠖和白花苦豆上的大青虫，这不用记，知道一下就行。用的时候把两者羼到一起，再用水稀释。具体的配方是……”

晌午时分，一辆五十铃的轻卡载着药品药具来到八步沙林场场部。这边，每家各叫来一到两位帮手，已用大铁桶拉来水，摩拳擦掌地等待，见车到来，纷纷上前帮忙卸东西。

年轻人则当仁不让地戴上猪嘴样的防毒面具，装上调配稀释好的农药，背起喷雾器，一字儿摆开，顺着风向，瞅准一个方向，右手压动手柄，左手执喷头嘴，对准沙枣树，对准成片的白花苦豆，仔细喷洒。

其他人呢，抬着配好农药的塑料桶，戴着双层口罩，远远跟着他们，做好保障工作。

朱正南看着这场景，对一边观战的张万成说：

“八步沙造林压沙能有现在的成效，眼下的这情景就能说明一切啊。”

张万成点点头，感叹说：

“真是眼见为实呢，要是我们所有的林场都能像八步沙林场这样，上下里外拧成一股绳，我们古浪的林业就一片辉煌了。”

这场人虫大战持续了三天才结束。半个月后，朱正南坐着那辆五十铃轻卡，带着前次来的那两位技术员，前来评估灭虫效果，顺便带回灭虫用过的器械。经过两个小时的抽样调查，得到的初步结论是：八步沙林场发生的虫害杀灭率达 95% 以上，虫害的漫延被成功地控制。朱正南听到技术员的汇报，高兴地握着石满的手说：

“八步沙这么彻底地扑灭了这场没有硝烟的火灾，石场长，可喜可贺，可喜可贺啊！”

石满也笑得合不拢嘴，捋着刚蓄起来不久的胡子，颇为得意地说：

“八步沙里坟墓多，防火是大事。我们划片包干，严格责任，这么多年了，没发生过一次火情。我们一天天攒下的荣誉，总不能毁在小小的虫子嘴里吧！”

不是他在那里夸耀，他担任场长也罢，后来程海、郭万刚担任场长也罢，他们总是把防火防虫害摆在极其重要的位置。据统计，38 年来，八步沙林场未发生过一起火情，也未发生过一次不可控的虫灾。

第七章　风雪眼窝沙

1985年冬天的一个下午，阴云沉沉，北风呼呼。没有太阳，贺发林估摸着时间不早了，就沿着自己的责任区边缘，一边巡视，一边返回场部。

离场部还有一段距离，他翻过一道沙梁，发现沙梁下的林子里有一群羊在啃食沙米刺蓬。他有点生气，吼了一声：

“谁的羊！”

听到贺发林的声音，一个羊倌从一棵白榆下懒洋洋地站起来，磨磨蹭蹭地去赶羊。

“这回警告你，要是下回抓住了，我可就要照章办事！”贺发林吓唬他。

“你就管的是我，戴羊倌经常在眼窝沙里放羊，你怎么不管！他是你家的亲戚吗？”那羊倌嘟嘟囔囔，有点不服气，“你要是把我抓住，我就在其他人面前揭发你放任自流，徇私舞弊！”

戴羊倌就在眼窝沙附近的一个羊圈上驻牧，贺发林是清楚的，但自家三辈之内哪有姓戴的亲戚？真是胡扯淡！他可不愿背这黑锅。他说：

“不要乱打棍子，谁和戴羊倌是亲戚？他放羊你看见了？”

“头些时候，我和他还在一起放羊。后来觉得时候不早了，你可能回到场部，思忖着一块儿进林子放，目标大，容易被发现，我们才分开的。我到这边来，他到眼窝沙去。”

眼窝沙在八步沙的最南部，前年才开始植树种草，这两年树刚扎好根，草才长茂盛，沙丘也才稳定，哪能经得住羊群的践踏？自己隔一天也去一趟那里，也没见过羊群啊。贺发林知道这羊倌在夸大其词，但他说得有鼻子有眼的，又不像在撒谎。他宁愿信其有，不愿信其无，决定去一趟，探看一下。

他看着那羊倌赶着羊群越走越远，觉得不会再回来，才放心地动身去眼窝沙。

去眼窝沙，从这儿走捷径抄过去，也就半个多小时的路程。到眼窝沙时，天色越发阴沉了。他沿着树林边缘，寻找了十来分钟，终于在一个沙窝窝里发现了戴羊倌和他的羊群。他的突然出现，出乎戴羊倌的意料，吓得戴羊倌慌忙赶上羊群就走。

好不容易抓住，怎么能轻易放走他？今天这么容易放走了，惯下毛病，明天他更会随随便便地来，能管护住沙？非得跟他理论理论，让他长个记性。

想到这里，他加快脚步绕过去，张开双臂堵在羊群的前面，拉长脸对戴羊倌道：

“戴羊倌，你经常到我的林子里来放羊，羊把树也啃掉了，草也吃掉了，你说，这林子是你家的自留地吗？”

“哪里经常放？这边也没什么草，还有人看管，我才不愿来呢。”

“你不愿来怎么来了？我摆上酒席请你了吗？”贺发林得理不饶人。

戴羊倌有点尴尬，使出浑身解数替自己辩解：

“谁也有个五迷三昏的时候，我在那边放羊，觉得有点困，坐地上打了盹，结果羊就跑这儿来了。”

贺发林见戴羊倌竭力辩解，便不再揪住他不放，换一话题，吓唬他道：

“就算你打盹，你不是故意的，可你的羊进了林子，按我们林场的制度，要进行五百至一千元的处罚，你说，咋办吧。”

一只羊也就一百元左右，一下子罚上五百，那不是五只羊没了？对于普通老百姓，那不是要了他的命？戴羊倌果然急了，忙赔着笑脸，好言好语央求他：

“羊刚进来，没啃上两嘴草，你这老哥哥，这次高抬贵手，我保证以后再不进你们八步沙的林子就是。”

贺发林见好就收，教训起他：

“你也不想想，我们几个人早起晚睡植树压沙为了谁？还不是为了八步沙周边的人们吗？为了庄稼不让风刮掉，为了土门的几万亩土地，也为了我们的后人！沙洲城的传说你听说过没有？以后把羊赶上进林子的时候，好好思谋一下！”

“怎么没听说过？小的时候大人们就讲！你放心，我老戴也是说下钉子就是铁的人，以后再不到这儿来了！”

“我看你也是通情达理的人，这次就算了，但下次叫我抓住可就翻倍了。”贺发林一边说，一边挪开通道。

戴羊倌见羊群低着脑袋，呼啦啦出了眼窝沙，朝贺发林拱拱手：

“脸上凉丝丝的，是不是下雪了？我回了，老哥，你也赶紧回吧。”

贺发林摆了摆手，转身返回。

戴羊倌说的是，天下雪了。开始，雪花三片两片斜斜地飘着，像是游击哨在侦察。几分钟后，趁着暮色降临，风裹着雪的大部队突袭，天地间顿时白茫茫一片。平时熟悉的小白榆、小沙枣树、小花棒、大沙丘，纷纷被雪掩藏起来。

眼窝沙距离场部差不多十五里路呢，贺发林确定准西北方向，放下棉帽护耳裹住脸，系紧棉衣纽扣，赶忙返回。他一步一陷，翻过了一个又一个覆盖了白雪的沙丘，到天黑透时，走了四五里路，到了眼窝沙的边缘。

他借着依稀的雪光继续往前走，身边的树木、灌木大起来。要是在平时，他走累了，这些树木都是歇脚的好地方。夏天，他会坐在树的背阴面，那儿有沙漠里难得的清凉。冬天，他会坐在树的阳面，暖暖地晒上几分钟。他多么希望休息一阵。今天早上出门时，他喝了些白开水，吃了点馍馍。中午在背风的沙湾里，他挖个小坑，点燃一把干柴，将背包里冻得硬邦邦的馍馍烤软吃下。现在他一口吃的也没有了，真是又饿又累啊。

一棵沙拐枣颇为同情他，用自己裸露出沙面的水平根绊了他一跤，强行让他坐到自己的旁边休息。这些沙拐枣真是霸道，总爱抢别人家的地盘，自己的垂直根系较浅，但水平根系则长达十几米，只要地面上有一点点水分，它就能充分吸收。

但他不敢坐下去，不是因为地上有雪，而是一坐下就会歇气，就会越歇越累。

他继续往前走。他本来走的是西北方向，那一跤，摔得他有点懵圈，他朝东北方向走去。他踩着积雪走啊走，当发现身边没有树林也没有草时，自己已经迷路了。

在沙漠里迷路可不是一件好玩的事，在下雪的沙漠里迷路更糟糕。在雪夜的沙漠里迷路了的贺发林面对危险的境地，不断给自己打气。他跌跌跌撞撞，走一阵，向周边望一阵，看有没有灯火，听一下，有没有狗叫，再继续往前走……他给自己定的目标是，即便没有人家，也不能停下来，要一直走到天亮！

也不知走了多久，他终于听到了一声狗叫！

贺发林这边迷路了，在场部，石满、罗元奎、程海、张润元、常开国、郭万刚也没闲着。他们左等右等不见贺发林回来，心里敲起了鼓：贺书记到哪里去了，怎么还没回来？面片都揪锅里了，贺发林还没回来，大家见天开始下雪，觉得情势不妙，每个人赶紧拨拉了一碗,分三组朝他巡护的那片沙的方位去找。他们一边找，一边喊，但始终不见贺发林的踪影。

天渐渐黑下来了,雪又很大,大家手里又没有提马灯打手电，觉得到处黑咕隆咚一个样，有迷路的危险，就陆续回到场部。

郭万刚把剩下的晚饭热了，大家边吃边聊，猜测最可能发生的一种可能。

程海沉思了一阵说：

“会不会巡林的时候和羊倌发生冲突，受了伤走不动路，还在沙漠里？”

常开国喝下一口汤，说：

“不可能。他最不爱跟人起冲突了。每次遇上事，他都拿道理和人争辩，以理服人。护林几年了，他哪里跟人动过手？”

“会不会巡完沙后，直接回了家？”石满吃完饭，放下碗。

大家觉得这种可能最大，因为其他人有时也会这样。没有找到，是因为情况不危急，比较安全。

“我去问一下。”

石满说完，起身戴上棉帽，穿好大衣。郭万刚将马灯点亮，递到他手上。石满接过马灯，一头扎进风雪夜，直奔贺发林家。

贺发林妻子带着孩子们焐在热炕上，准备睡觉。听见有人一边拍庄门，一边口中喊：

“贺书记！贺书记！”

贺发林的妻子觉得很蹊跷，这么晚了，天还下着雪，什么人叫门呢？她穿上鞋，走到屋外，拉开屋檐下的电灯。电灯将院落照得雪亮，纷纷扬扬的雪花在灯光下很是刺眼。她问：

“你是谁啊？”

“我是石满！”

贺发林不是和他们在一块儿么，怎么反过来找他呢？贺发林妻子冒着雪忙跑过去，打开庄门。

石满见开门的是贺发林妻子，忙问她：

“贺发林在家吗？”

贺发林的妻子顿时紧张起来，问：

“怎么了？贺发林不是在林场吗？”

“他早上出去巡沙，一直没回来。我们到周围找了一阵子，没找见，还以为他回家了。”石满以实情相告。

贺发林的妻子吓坏了，撇下石满跑到屋里，喊上在家的老三儿子，带着二女儿、三女儿，给马灯加满油，戴严穿厚，小跑着向八步沙奔去。石满知道情况不妙，回家也叫上自己的儿子女儿，提着马灯紧随其后。

到了场部，大家一看就明白：贺发林还在八步沙里！一种不祥的情绪弥漫上每个人的心头，他们赶忙穿戴整齐。因为只有三盏马灯，石满将所有人员简单分为三拨，背上干粮，提上煤油壶，顶风冒雪，奔向贺发林巡护的那片沙漠。石满带的那一拨居中，照应左右两拨人员，以防人多走散。

大家一路走，一路喊：

"贺发林！"

"贺书记！"

"贺家爸！"

"爹！"

……

各种呼喊声遥相呼应，但很快湮灭在北风刮过树林的呼呼声中。

贺发林的三女子，年龄小，性子急，在马灯光下只要见到个黑影影，就要边哭边喊地跑过去证实一下。等找到眼窝沙，三拨人马汇合在一起了，还是没见她爹的踪影，她绝望了，拽住石满和罗元奎的衣服哭道：

"石家爸，罗家爸，我的爹爹冻死了，我没爹爹了。"

贺发林的二女儿也哭起来：

"爹你不管我们了吗？没你，你让我们怎么活啊！"

滴水成冰的风雪夜，到这个时候还没找到贺发林，肯定是凶多吉少。一同找的人没法安慰孩子们，没人能给她们一个肯定的回答，大家面面相觑：贺发林巡护的沙上都找遍了，再上哪里找去？

石满这时候忍不住流下眼泪，他仰天喟叹："我和我的贺哥多好的弟兄，我给他家人怎么交代呀，老天爷！"

贺发林的老三儿子年龄大一点，懂事，抹着眼泪给大家宽心：

"我爹爹没冻死，他命大，我们赶紧找，他还活着哩！"

石满让大家往回走，扩大搜寻范围继续寻找，但大家把该找的地方都找遍了，还是没找到贺发林。这时，大家把希望寄托到八步沙周围的羊圈，说贺发林不一定迷路，有可能走到羊圈里，叫羊倌收留下。

于是，确定了最近的一个羊圈，大家一步一滑开始找羊圈。走了好一阵，“汪汪”，东北边不远处的狗叫声穿透冰裂的空气，清晰传来。大家心头不由得一振，不约而同地说：

“羊圈！”

大漠外，有狗叫必有人家；大漠里，有狗叫必是羊圈。大家顺着狗叫声，磕磕绊绊一路小跑，直奔羊圈，在狗一声紧一声的狂吠中，他们敲开了羊倌的门。羊倌提着放羊棍，警惕地打量着这些提着马灯的不速之客，问：

“你们干什么？”

贺发林的三女儿挤在前面，见羊倌打开门，着急地问：

“羊倌爸，我的爹爹来过没有？”

“你的爹爹是谁？”羊倌看着人群里有几个女孩子，放松了警惕，反过来问她。

“他叫贺发林，在八步沙看护林子的！”

“有这么个人！”羊倌侧过身，将他们往屋内让。

大家这才发现雪不知什么时候停了。云散天开，苍穹上缀满了无数晶亮的星星……

第八章　郭万刚“入伙”

郭万刚是郭朝明的大儿子，1952年出生。他加入到八步沙林场，并非自愿，是被众人“逼”进去的。

事情还得从头说起。

计划经济时期，古浪有两个吃香的职业，一个是握方向盘的司机，另一个是站柜台的营业员。

1972年，郭万刚二十岁，如愿以偿到土门供销社上班，当了一名人人羡慕的营业员。

有了这段经营商店的经历，他掌握了商业流通渠道，积累了许多做买卖的经验。1982年秋天，离开了土门供销社的郭万刚，碰到了一个难得的机遇，恰好一年一度的商品交流会在土门公社举行。机会难得，他听到消息后，立即启程到西安，批发来一批服装鞋袜等商品，在土门商品交流会上摆摊设点，以当地的正常价格销售。西安市场上的物品，比古浪本地的时髦洋气，他的商品受到当地人们的喜爱，销路很好，他的收入也很高，按当时的消费水平，用“日进斗金”形容也不为过。

交流会结束后，尝到甜头的他继续在土门街上摆摊，生意仍然红火。正在这时，父亲郭朝明却来到他的地摊前，要他到八步沙帮忙去植树治沙。郭万刚哪里肯，他说：

“你在那儿一个月挣的钱，我这儿一天就挣上了，我不去！”

郭朝明觉得儿子有点陌生了，盯住他的眼睛，说：

“这不是钱的事。你二弟在当兵，老小出外搞副业，家里只有你一个能出力流汗的人，你不去谁去？”

郭万刚整理着自己眼前的商品，皱着眉头不作声。郭朝明见他不情不愿的样子，继续道：

“林场按人头划分了区域，划片植树，每家出 10 个人。分给我们家的造林任务重，你不去，分配给我们家的造林任务完不成，你说咋办？”

郭万刚在承包八步沙之初就反对过父亲。六十岁过了的人，有儿有女有孙子，不愿待在家享受天伦之乐，却不顾家里人的反对，我行我素到荒无人烟的八步沙植树，也不想想自己有没有那个能耐。现在，咋样？自己倒搭上不说，还得去打扰亲戚……他头都大了，就气呼呼地说：

“当初不让你承包，好说歹说你不听。你的任务完不成能慢慢来，那么大的沙漠，也不差这几天。我的东西卖不掉，可全是血汗钱……”

郭朝明一听儿子不大愿意帮自己的忙，一股无明之火冒了出来，指着郭万刚的鼻子骂将起来：

“你挣钱重要，还是老子的命重要？反正我不管，这两天你若不进八步沙，就不要认我这个老子了……”

扔下气话，郭朝明背着手气呼呼地走了。周围的熟人围过来安慰他说：

“自己的老子，又不是旁人，骂了你就骂了，也没啥。”

郭万刚望着父亲佝偻的背影越走越远，傻笑着一个劲地搓手。他感到左右为难。撩下摊子去帮他吧，现在人们卖了余粮，手头有钱，正是做买卖的旺季，不做可惜。不帮吧，父亲老了，有了难处找上门，情理上说不过去。再说，要是父亲累坏了身子，非但自己不能原谅自己，别人也会笑话自己：郭老汉白养了门扇大的几个儿子……罢，罢，银钱在世上，慢慢挣吧。

想通了，郭万刚匆匆把货物低价处理了，叫上姐姐、姐夫，妹子、妹夫等亲戚们，扛着铁锹，背着干粮，一头钻进八步沙，起早贪黑，干了一个多月，帮父亲把分给他的植树任务保质保量完成了。

回到家中，郭万刚休息了一阵子，待被八步沙的太阳晒黑、被漠风吹糙的脸庞恢复后，他又想重操旧业。他从当地以每市斤 0.38 元的价格，收购了几麻袋葵花籽，托运到西安，以 2 元多的价格卖掉，回来时批发了一批小百货，趁人们在腊月置办年货时，又在土门街上做起生意来。

他脑子灵泛，生意依旧做得风生水起。谁知，春节过后，春季造林任务一开始，刚强了一辈子的父亲，又跑来央求他。这回说的都是软话：

“我上了岁数，实在干不动那活了，怕完不成任务，你去压沙造林吧，就算帮帮我好了……”

年前为了植树，耽误了好多生意，丢掉了好多回头客，少赚了好多钱。现在生意渐渐好起来，又要叫他去帮忙，这生意做还是不做了？郭万刚就没好气地对父亲说：

“干不动就少干点，谁让你们那么卖命干活？你是上了岁数的老人了，蹲在家里吃吃闲饭，领领孙子，是天经地义的事儿，谁也没强求、命令你们到沙漠里去压沙，何必自讨苦吃受累受罪？”

郭朝明不理他的埋怨，继续软言软语：

“现在说啥都迟了，承包期先是四年，得说话算话。”

“出力流汗就不说了，再说植树治沙，那是国家和公家的事，咱平头百姓，把自家的小日子过好就行。你不去植树，家里要啥有啥；你一植树，家里让你倒腾得空空的了。妈昨天在我跟前还说你，说你把今年预备做种子的土豆也卖掉了……”

儿子在秋季植树中，为自己挑起大梁，充分地展示出他的耐心、苦心和协调能力，重要事情上还能出面为林场出谋划策，让其他老汉心服口服，大家都觉得这是长江后浪推前浪。常开国心气很高，平时也是不服人的主儿，在一次郭万刚帮他们协调购买树苗之后，竖起大拇指对郭朝明说：

“郭队长，比起年轻人来，我们都老了。”

郭朝明也很矛盾，他有一个想法，就是打算让郭万刚接替自己，挑着八步沙林场的这个担子继续走下去，但他怕儿子不想干这个苦差事。毕竟儿子刚三十出头，又是块经商的好料，况且家中儿女都嗷嗷待哺，他哪能抛家舍业，将自己置身于荒凉艰苦的八步沙中呢？

但眼前的事耽误不得，为了让儿子暂时放下生意帮自己植树，他耐心地劝儿子：

“话可不能那么说。高深的道理咱平头百姓不懂，但我想国家是一个大家，是由无数个小家合成的。谁都出把力，才会一天天好起来。另外，你再想想，咱们土门子年年刮沙尘暴，要是风沙把农田填掉了，房屋压塌了，你哪有好日子过？又哪有心情生活？人不能只盯着眼前的那一点点，要往远里看……我先到八步沙栽树去了，你好好琢磨琢磨。想通了，就到八步沙来找我。”

老父亲的话对郭万刚还是有触动的。他是生在新中国长在红旗下的一代，是唱着《我们是共产主义接班人》长大的，家与国的道理比谁都懂，但具体落到个人的头上，还是有点想法的。在这节骨眼上，不管他想得通还是想不通，帮父亲是天经地义的事儿。把老汉累倒了、累病了，他是不落忍的。

郭万刚采取了一个折中的办法：早上尽早进沙漠植树，上午10点到下午4点客流量最大时他到街上处理货物。收摊之后，再骑自行车火速赶到八步沙自家的植树区域，背草、植树……

这样，时间不知不觉又过了一年。到了 1983 年，郭朝明因长年累月泡在八步沙，身体吃不消，累倒了。石满、贺发林、常开国、张润元去医院看望他，又见到郭万刚。他们对眼前的这个年轻人打心眼里说不出的喜欢，他不光干活实在，关键是他说的话句句实在，叫人心服口服，谁都愿意跟他一起。他们在私底下盘算过，郭朝明的身体支撑不了这么艰苦的工作，到该退下去的时候了。要是郭万刚顶上来，八步沙就会增加一名生力军了。

嘘寒问暖的客套话过后，石满开口对郭万刚说：

“小郭，你这样来回跑，身体也吃不消。再说，你年轻，有魄力、脑瓜灵，你干脆接你爹的班入伙吧，和我们一起干。”

其他人也随声附和：

“石场长说的是，我们林场需要你这样的年轻人，小郭，和我们一起干吧！”

见父辈们这么抬爱自己，郭万刚心里热乎乎的。他参与了这两年累死累活的植树，知道父辈们付出的艰辛与取得的成效不成比例，他怕自己这些年过惯了舒适的生活，受不了长年累月的苦，坚持不下去。

贺发林见他不说话，以为他动心了，又劝道：

“小郭，现在县上一个月给我们每人发 40 元的造林补助款，我们知道你做生意赚钱多，嫌林场的工资低……这样，我们其他6个人，每个月自愿拿出5元，权当我们出钱雇你干活。这样，你一个月也能挣70元，比国家干部挣得多，怎么样，来还是不来？给个痛快话。”

郭万刚知道，满打满算，六个老汉也就一个月挣国家40元钱，钱拿到手后，大多被他们购买了麦草、树苗和水。自己拿了他们的，虽然名义上自己挣的比他们挣得多一倍，可挣的都是他们的血汗钱啊！这些人谁的屁股后头不是一大家子？这钱，他不愿意挣。要是尽心挣，他的货摊一个月就能挣几个70元。可这么大的沙漠，七八万亩的面积，植树压沙哪有尽头？又不自由，哪有自己做生意划算？

他觉得八步沙前景黯淡，最后，他硬着头皮，拒绝了他们的一再央求。

由于老父亲郭朝明的坚持，郭万刚在做生意之余，不得不每年春秋两季去八步沙植树种草。他赚钱少了，植的树多了；牵挂家里妻儿的时间越来越少了，牵挂去林场的时间越来越多了。到了1985年，他兼任起林场的会计，成为八步沙林场的“红管家”，这时候，他觉得八步沙已融入他的生活，成为他生命中的一部分。

但他还没有正式“入伙”八步沙，变数会随时发生。当时，县供销社主任程三顺，听说他治沙有一套，管理也有一把刷子，专程找到他，说准备投资办一个千亩林场，请郭万刚过去当场长。他俩商议时，正好被一墙之隔的石满听到。出了名的大嗓门程三顺前脚走人，他后脚就找到郭万刚，拉长脸不满地质问起他来：

“小郭，你去千亩林场当场长，撇下我们几个老胳膊老腿的老汉们，咋办？”

供销社主任找上门来，条件又让他心动，认为自己的工作转机到了，一方面可续接自己多年来对供销社的一个情结，一方面可使自己有一个更快捷的发展天地，这会儿见石满诘责自己，而自己又不是他的职工，就笑着说：

“这么好的机会，你们把我落下，你们说咋办？我又没有和你们签合同，也不是你们的职工。只不过临时过来帮了你们几年忙。我不向你们要工资就罢了，你们还要我怎么样？再说，我到那边去了，这边若有啥事，我照样会抽空过来帮忙的……”

石满他们不但早把郭万刚当成他们中的一员，还把他当成林场的主心骨，哪肯放他走？石满还赖上他，说：“那不一样。你当了那边的场长，就没有时间照料咱八步沙了……反正你走到哪儿，我们几个老汉，就背上铺盖卷跟你到哪儿……八步沙绿绿的了，大不了这沙咱不治了，树也不栽了……”

郭万刚哭笑不得。在情感上说，他和六老汉同甘共苦，已经产生了相互依赖的深厚感情。但从个人发展等方面考虑，县供销社的千亩林场财大气粗，自己靠着大树也好乘凉。

那些天，郭万刚思前想后，纠结不已。尽管他有一千个理由可去新岗位履职，但几个老汉巴巴地望他的眼神，使他无法

两代治沙人(资料照片)

断然离开他们。让他最后下定决心留下来“入伙”的，是父亲郭朝明的这几句话：

“你别去千亩林场了，就留在八步沙吧，你看我们病的病，老的老了，都干不动了。我们把这把老骨头都熬成油，也没办法让八步沙完全变绿，你就权当帮老汉们一个忙吧……”

话既然都说到这份上，况且他自己也割舍不下八步沙，要是自己再不答应老父亲，那就说不过去了。

就这样，郭万刚正式加盟八步沙，成为八步沙林场的一员。

第九章　梦中惊魂

土门一带沙洲城被黄沙埋压的传说，让人充分领略到风沙的无情，现实中也上演了风吹黄沙埋压人的传说。

1983年4月初的一天下午，罗元奎在沙丘顶上一边歇息，一边瞭望着有没有羊群的到来，忽地发现沙漠深处涌起一道黄色的波浪，知道沙尘暴就要来临，就双手合作喇叭状，放在嘴前，朝远远近近治沙的人们喊：

“起风了！刮黄风了！”

程海听见了，想证实一下，手脚并用爬上沙丘，也看见了那道波浪，马上喊起来：

“刮黄风了，赶快收拾东西！”

其他治沙的人听见两个人都喊，知道真要刮黄风。一部分人赶紧拾掇起未压完的树苗，抱到地窝铺旁边树苗存放处，一捆一捆排整压齐，最后用湿沙埋住根部；大部分人捆紧未用完的麦草，就近背到避风的沙丘底下，挖几锹干沙压在上面，以防被黄风吹散。

收拾完毕，见波浪越来越清晰，就各自扛着铁锹，呼朋唤伴，赶快回家。他们疲惫的双腿自然是跑不赢狂风，出了八步沙不远，黄风撵上他们，用风的光脚片儿猛踢他们的屁股，将他们一个个赶回村庄，赶回各自的家。

这时，八步沙的地窝铺里，只剩下石满和罗元奎两人了。

地窝铺门口挂着一条晒得发白的厚重的棉门帘，石满见门帘下摆被风掀开，扬进一大把沙子，走过去用门口立着的几把铁锹交叉压住。地窝铺里顿时一片黑暗。他准备摸索着走过去时，罗元奎划亮一根火柴，双手捧着，小心翼翼地点亮坑壁上小洞里的煤油灯，灯火苗被漏进的风吹得扑闪扑闪。

煤油灯是用一个小墨水瓶做成的，一根薄铁皮卷成的细铁管，插在瓶盖中央，细铁管里面穿着灯芯。

两个人脱了鞋，盘着腿坐在地窝铺上，各自掏出烟袋，卷旱烟抽。风卷着沙子狂暴地在地窝铺顶驰过，顶部铺的麦草空隙里嗖地飘下一缕黄沙。罗元奎抬头看看地窝铺顶，担心地说：

“场长，风该不会像上次那样，把地窝铺的顶掀走吧。”

“怎么会！”石满吐出一口烟雾来，“上次顶上压的土少，风把土揭掉了。这次压的土多，风再大也没事。”

“我也觉得是。”

“罗队长，你家的草驴肚子有崽子没？”石满换了个话头。

“你这好记性，我记得给都你说了两遍！”罗元奎瞥了石满一眼，对他的记性有点不满意，“怀上了，是个骡子。骡子力气大，没脾性，将来到八步沙上好使唤。”

“哦，是吗？”石满嘿嘿一笑。

“说说你当兵的事儿吧，比如你如何跟土匪干仗的。”

“还嫌好我的记性，都是些陈芝麻烂谷子的事，都给你们喧过多少遍了，嘴上都把老茧磨下了，还想听！”这回轮到石满嫌弃罗元奎了。

两人在地窝铺里轮流值班不知多少个夜晚了。该喧的，不该喧的，都喧完了。

相互之间没话可说。只好自己给自己找乐子。罗元奎对着摇曳的灯光，用手可以做出各种手影，如模仿羊、狗、牛、驴、沙丘、老人头等。

从门帘缝里透进的昏黄的光判断，外面的天还亮着，但肚子已经开始咕咕响了。两人从坑壁上挂着的挎包里取来馍馍，摇摇地上的暖壶，还有半壶开水，一人倒一碗，开始晚餐。吃完馍馍，水也喝得只剩碗底的了，只是碗底还有不少沙子，各自摇摇，泼到了地上。

罗元奎摇摇头，对石满说：

“幸亏没有拌炒面吃，不然这些沙子全到肚子里了。”

石满站起身，将碗塞回挎包，回应他道：

“要是拌了炒面，牙会硌得没法吃。”

外面还是黄风的天下，二人脱下发硬的外套，吹灭油灯，开始睡觉。黄风给他们放了好几个小时的假，难得哩，起早贪黑干了十多天，得抓紧时间休息休息。

两人都累成一摊泥了，头挨到枕头上，就拉起了细细的鼾声。偌大的沙漠就在他们的鼾声中沉寂下来，刮黄风也罢，下刀子也罢，都与他们无关了。

但黄风却听得气不打一处来：我跑得气喘吁吁的，你们倒好！你们爱睡，我让你们一直睡下去！它在窝棚上面蹦啊跳啊，想踩塌这个窝棚，但窝棚里只漏下去一丝一丝的黄沙。它见这招不行，就拿出它的看家本领，不断地往窝棚顶上堆沙子……

渐渐的，窝棚顶上的木椽支撑不住了，开始呻吟起来，还用噼啪的声音报警。只是下面这两个人委实太累了，累得即便有人把他们抬出去卖了，他们也不知道。

当黄风又刮上去一圈沙子时，窝棚顶上的一根椽子承受不住，突然折了，窝棚顶轰隆一声响，坍塌了。

在睡梦中，罗元奎听到了那声轰隆的闷响后，就失去了知觉。当他醒来的时候，已是第二天上午，他发现自己躺在土门卫生院的病房里，周围是雪白的墙壁，自己手背上插着输液器，鼻子里是一股浓浓的消毒液的味道。

“你终于醒了？吓人哩。”老婆凑到跟前，给他掖掖被子，抹了一把泪。

“你没事吧？”罗元奎看见石满坐在边上，觉得自己的气息有点微弱，想大声问，但说出的话声音很轻。

石满见他醒来问自己，忙抓住他的手，对他笑了笑，说：

“我没事，好好的。窝棚塌了，落下去的麦草沙土把你压住了。我那边有折下去的椽子支撑着，倒是没啥事。当时还以为怎么了，后来醒明白了，忙叫你，你不应。摸黑找到你，扒了一阵子，才把你扒出来……”

“活着就好，活着就好。黄沙埋在了脖子根，都以为你就葬在八步沙了。”程海安慰着罗元奎，还跟他开玩笑。

“我好像做了个梦……我们在八步沙上植树，黄风来了，沙把我们埋住了，压得我喘不过气来……我大声地喊你们，你们也不答应……”

他老婆冲了麦乳精，泡了多半碗馍馍，端到他跟前，用小勺盛了给他喂，埋怨道：

“人都成这样了，还想的是植树！”

程海笑着说：

“你以为我们不管你？你没醒来，石场长都急死了，摸黑跑了 4 公里，到村子里，挨家挨户把我们叫醒！”

石满拍拍他的腰：

“别瞎想，你受惊了，好好缓几天吧，看看你这身子骨，都是骨头了。”

罗元奎咽了一勺馍馍，担心昨天种的树苗是不是又被连根拔了，问：

“风大，近来新栽的树苗子没啥事吧？”

石满安慰他说：“你放心，咱们的‘一棵树，一把草，压

六老汉住过的毛坯房（资料照片）

住沙子防风掏’方法灵验得很，这会儿其他人都到八步沙察看情况去了，应该没啥事。”

他想起地窝铺，问：

“地窝铺塌了，又得重新盖？”

“这回咱们不住地窝铺了。前些天县林业局给咱们批了两方木头，过几天完成植树任务后，咱们就盖新房住，看沙尘暴能把咱们咋的！”

石满这么说着，脸上掩盖不住的是喜悦，好像自己已经住进林场的新房子里了。

……

罗元奎暂时不能值守了，回去后，石满重新给大伙排了班，羊路上片管护压力轻一点，由郭朝明、贺发林值守；羊路下片管护压力大一点，由程海、常开国和他自己值守；张润元跑外联，雇用手扶拖拉机，从昌灵山将那两方木头拉运回来。

不久，他们自己拉水脱土坯，搭建了一大两小三间土坯房，作为场部。为了在植树季忙时七个人都能住下，他们还盘了占地一间的大土炕。罗元奎康复归来后，买来旧报纸，将土炕周围的墙壁用报纸糊了，以免墙土弄脏被褥和衣服。

入住那天，他们在门框上贴了红彤彤的对联，还放了一挂鞭炮。那三间土坯房，是他们在八步沙里的“殿堂”啊。

第十章　梦中再惊魂

1987年深秋的一个傍晚，贺发林和常开国留在场部值守。两人在房间取暖用的土炉子上做了揪面片，吃过简单的晚餐，压好炉火，就早早熄灭油灯睡了。

第二天清晨，郭万刚在家里吃过饭，兴冲冲地骑着一辆“飞鸽”自行车，借着微薄的晨曦向场部驰去。秋风萧瑟，道边的白杨树在它的苦逼下，开始褪去金黄色的衣裳，不断有秋叶打着旋，脱离枝头，落到地面，让晶亮剔透的秋霜落在自己身上。一队大雁喑哑地叫着，排着人字形队列，盘旋一圈，向昨晚的栖息地告别，扇动着翅膀，披着些微的霞光，向南飞翔。

寒气袭人，郭万刚穿得又有点单薄，待他到达场部门口，天还没有放亮。将自行车支在土坯房前，他觉得自己冻成了冰棍，忙推开虚掩的屋门进去。没有电灯，煤油灯也没有点亮，屋子里很暗。他转身合上门，三步并作两步来到炕前，定眼分辨清楚谁是谁后，脱下鞋子，跳到炕上，从贺发林的脚那头钻到他被窝里去暖和。

焐了片刻，他缓过神来，嗅到房子里有股煤烟臭味。他不奇怪，这边的人家冬季取暖用的，大都是东边西靖古山墩煤矿的沫煤。古山墩的煤含硫量大，从来就是这个味，谁都闻惯了。让他奇怪的是，要是往常他钻进他的被窝，贺家爸要么会挠一下他的脚心，让他痒痒得赶紧把脚收回去；要么就会翻个身，让温热的脊背压着他的脚——那样会将他的脚焐得更暖一些。但今天的贺发林睡得那样沉，沉得好像把他当成空气。

“贺家爸，贺家爸！”

郭万刚叫贺发林，贺发林没有应声，也没有醒来，依旧睡得那样沉。

郭万刚将冰凉的手探过去，打算搞个恶作剧，将贺发林激灵一下冰醒来。

但他的手碰触到贺发林湿漉漉的线裤上！

怎么回事？他吓了一大跳，赶忙掀开被子，发现贺发林小便失禁，线裤湿了一大片。

“是不是煤气中毒？”

他赶紧上前，一边用手摇，一边大声叫：

“贺家爸，贺家爸！”

贺发林依旧没有答应。他又转身到常开国身边，一边摇他的肩头，一边大声叫：

“常家爸，常家爸！”

常开国也没有答应。

郭万刚意识到情况不妙，眼泪唰地下来了。他一个蹦子跳下炕，来不及穿鞋，奔过去将门敞开，通风透气。然后，回过头跑到炕边，继续大声呼唤二人。

屋里一氧化碳的浓度很高，不容易排到外面，而炕上躺的两个人危在旦夕，一刻也不能停留在炕上。凭他单薄的身架，将炕上的两个人拖到门口，是不可能的。

郭万刚急得像热锅上的蚂蚁，在房内房外团团转。他这时倒希望羊路上有羊倌赶着羊过来，但可能性不大，谁都知道八步沙上有七个黑脸“包公”，没人会明目张胆地来触霉头。他希望林场其他人来到，但这时正是他们吃早饭的时间，离植树规定的时间尚早。

他抹了一把泪，转身进了房间，使劲将贺发林拖到炕沿边，一咬牙，居然将身形庞大的贺发林抱起来了！他狠着劲，半拖半抱着，将贺发林挪到门口。随后，他又将常开国转移到门口。

门口的空气很新鲜，二人暂时脱离了险境。

他大口喘着气，自己两腿软得直打哆嗦，但门口平躺着的二人就像一堆肉，毫无醒来的迹象。

怎么办，他又向羊路那头望了一下，依旧没个人影影。

得请大夫，只有大夫才有办法救得了他们，让他们苏醒过来！

他不能迟疑也没有迟疑，骑上自行车直奔土门街。他弓着身子，将自行车踏得飞快。他恨不得自己生出一双翅膀飞起来。

这时天光已经大亮，路上有了行人，有了毛驴车，偶尔还有卡车驶过。但路上有什么景致，过去了什么人，还有什么人跟他打招呼……他都没注意。

他不断地催促自己，快！快！快！

他在想：该找哪个大夫？那大夫起床了没有？要是不肯就诊怎么办？

七八里的路，他十几分钟就到了。

郭万刚将自行车停在最近的崔氏诊所门口。崔氏在土门算是医药世家，崔文锦学医毕业后，并未像其他同学那样去谋求铁饭碗，而是回到父亲的诊所。他利用自家院落临街的优势，扩充店面，坐堂出诊，在土门一带相当有名气。

诊所的门还没有开，但崔家的大门开着。郭万刚闯进去，一迭声地叫：

“崔大夫！崔大夫！”

崔文锦已洗漱毕，见有人叫声急迫，知道有急诊，忙出来瞧。

郭万刚像见了救星，抹了一把汗，将情况简要一说，便催他赶快前往。因是熟人，也敬重这帮子治沙人，崔文锦二话没说，拎起简易药箱，跟着郭万刚出了门。等郭万刚骑稳，他跳上后座，二人飞快赶到了八步沙。

到了场部，石满、程海、罗元奎、张润元已陆续来了，围在门口，给二人口鼻里扇空气的扇空气，掐人中的掐人中，见郭万刚用自行车载着崔文锦来了，也知道了贺发林和常开国两人是如何到了门口的，赶紧起身让路。

崔文锦打开简易药箱，取出听诊器听了两人的心跳，又测了两人的脉搏，准备为他们输液治疗。但由于来时匆忙，药箱里只有葡萄糖等普通药品，降低一氧化碳含量的甘露醇、利尿剂和减轻脑水肿的地塞米松没有带，需要再取一次药。张润元想郭万刚已经耗费了体力，体谅着他，自告奋勇要去，但郭万刚认为自己已经去了一趟，熟门熟路，接过崔文锦开的药单，骑上自行车，又飞驰而去。

葡萄糖及甘露醇交替输入两人的体内不久，贺发林首先有了反应，眼皮跳动，嘴唇翕张，不一会儿竟缓缓睁开了眼皮！常开国的症状则重得多，输入地塞米松等后，整个人才有了微弱的反应。

众人见两人没有性命之虞，脸上才有了笑模样，纷纷向崔文锦道谢。石满是负责人，考虑得周全一点，上前询问崔文锦下一步如何治疗。

崔文锦收拾起医疗器械，沉吟半晌，说：

"情况是稳定了，但需要进一步的治疗。常队长刚脱离危险呢，得小心着点，最好送他去武威地区医院，那儿条件好。贺书记呢，没啥大问题，送土门卫生院就行，那儿有氧气，吸点氧，几天就能好。"

石满望望众人，开始统筹安排活计：

“郭会计今天累坏了，再辛苦一下，送崔大夫回去。到银行取些钱，让街上坐车去武威的人给他们带上。事完后，回来带着雇请来的人植树压沙。记着回来时买几节烟筒，把旧的那几节换下来，远远地给我扔了！

“程主任和张书记送常队长去武威地区医院。程主任你负责，该怎么花就怎么花，把人往好里治。去的时候把常队长的家属请上，好陪护。

“我和罗元奎送贺书记到土门卫生院，要是贺书记没啥，请贺书记的家属陪护，我们也回来植树。

“我、罗队长、郭会计，近期晚上，我们三个轮流值班。今天晚上我和罗队长先值，郭会计休息一下。”

程海伸出脖子朝远处看了一下，说：“早上我看见常队长和贺书记的老婆了，她们朝我们这边张望了一下，见人多，没敢过来，都去沙上栽草植树了。我这就去叫她们。”

众人立即分头行动，套架子车转运病人的套架子车，叫人的叫人，送大夫的送大夫。

送贺发林时，他已经醒明白了，只是浑身无力动弹不了，一听要送自己去住医院，觉得自己已经给林场里添了这么大麻烦，怎么也不肯去，只说自己在家缓两天就好了。众人好说歹说，才将他抬上架子车拉走。

常开国去武威地区医院，住了十来天，还是没有彻底治愈，留下后遗症，反应较为迟钝，很少说话，一坐下就发呆。常开国有一个独子，为国家公职人员，那年开春，本来他要退出这个群体，回到家里含饴弄孙，郭万刚觉得他脏活累活苦活都抢着干，是个很不错的搭档，动员他继续留在这个大集体里植树压沙，没想到没几个月就出了这样的事。

第二年春天的一天上午，郭万刚值守场部，在附近的林子补栽树苗，远远看见一个步态蹒跚的人进了场部，忙赶过去看究竟。快到门口时，郭万刚突然愣住了，来者不别人，是常开国。他卷了铺盖被褥，用一根绳子捆住，背在肩上，从门里出来。

春节时他们去给常开国拜年，他什么都没说，他们也盼望他早日康复，和他们一起植树，没想到现在他突然就要离开。郭万刚问他：

“常爸，您怎么要走？我们都等您回来植树呢。”

常开国看了他一眼，笑了笑，不说话，蹒跚着从他的身边慢慢走了过去。

郭万刚见拦不住他，忙走到他跟前，拽住他的铺盖卷，说：

“常爸，来，我用自行车送你！”

常开国站住，缓缓拨拉开他的手，说：

“铺盖在这里一天，你们就给我发一天的补助，我没脸混你们碗里的饭吃。”

郭万刚听了，一下子怵在原地，眼泪不由自主地往外涌，往外涌……

第十一章　葬我沙岗上

八步沙“六老汉”之一的石满，眼中，只有八步沙。

1990年秋季植树时，石满觉得右胁肋部像针扎，疼得他受不了，他趁到土门街拉水的机会，抽空去了崔氏诊所。崔文锦给一个病人看完病后，瞧见他坐在靠墙的一张长椅上，脸色蜡黄，精神不振，开玩笑地问他：

“石场长，今天偷懒没植树去吗？”

石满按着胸膛，过来坐到他跟前，说：

“老牛不死，稀屎不断，哪里能缺下我？”他指着右胁肋部说，“这地方针扎一样疼，叫人没法子植树了，这才过来叫你瞧瞧，开个止疼药。”

崔文锦抓住他的胳膊，给他号脉，道：

“你以为啥病都是止疼药治的？要是啥病都用止疼药治好了，要我们大夫干什么。”

石满嘿嘿一笑。

崔文锦给他把完脉，指着身边的一张病床说：

“来，躺这儿。”

“你给我开个药就行，我还忙着去拉水浇树哩。”石满不太情愿。

“你这个老汉，我叫你躺下你就躺下，啰嗦什么啊。”

石满见崔文锦一定要让他躺，就过去躺下：

“我这一身的土，把你的白床单弄脏了。”

崔文锦见他躺下，拿指尖按他的腹部，石满皱着眉头，叫：

“轻点啊。”

崔文锦扶了他一把，叫他坐起来，一面对他说：

“老石爷，我摸着你的脾脏有点大，你得到古浪或者武威的大医院检查一下。”

“到大医院里检查，没病也能给你检查出病来。住了院，分给我的植树任务咋办？你给我开个药，我还要忙去哩。”

崔文锦见他这么坚持，就给他开了四顿剂量的药，说：

“不要犟，栽完树就去做个检查！”

药买回来后，吃了一顿，他觉得那儿还疼，没顶用。第二顿他干脆把三顿药全吃了，只觉得发晕迷迷糊糊了一天，那儿照样疼，还是没顶用。既然不顶用，那就不用再吃了，疼就疼吧，又不是经常性疼，自己能挨住，况且一忙起来啥都给忘了。

等植树完毕，消停下来，冬天来了。

石满腹部的疼痛并没有随着秋季植树的停止而停止，只是不那么劳累，疼痛就消减了好多，甚至一连好几天都不疼。他觉得病情好了，给家里人说：

“病就像弹簧，你强它就弱！”

他只是觉得有点儿乏困，巡查时，走到那一头，走回来时就很吃力。他家养着一头毛驴，他就骑着毛驴巡沙，清晨出门，傍晚回来。

他吃得太简单了。早晨就一碗拌面汤，吃点馍馍；中午喝凉开水，也是馍馍；晚饭杂一些，吃两个烧土豆，吃一碗炒面，吃点玉米面糊糊，或者拃些玉米面疙瘩煮了连汤吃。他有一杆火燧枪，当兵时的功底没有丢掉，要是运气好，会打到野兔，大家也跟着打一下牙祭。只是人多肉少，每个人吃不了几嘴。

也许有人会质疑：他怎么这么节省啊？

他和其他治沙人，都是这样。他们不是“省”，而是不得不省。

育树苗，占用了自家的承包地，这不花钱，但意味着没有多的小麦吃；买麦草，雇请人，都是花钱的行当，国家拨付每亩地20元的补助够吗？那么大的一片沙，谁能去准确测量呢？但他们即便是亏了自己，也不去糊弄国家，糊弄八步沙，这就是他们的难能可贵之处。从1990年起，由于国家三北防护林工程也向重点沙区倾斜，连那每亩20元的造林补贴也停发了，他们植树只能依靠八步沙林场自身的力量。经济上的困顿，让他们去医院看病都成为一种奢侈。

石满不在意他上腹部的疼痛，但有人在意。不久，他的儿子石银山到崔氏诊所去看病，崔文锦问他：

“你爹去大医院做过检查没有？”

“没有……我爹……他怎么了？”石银山二十出头，不经事，一听，紧张了。

崔文锦把药递给他，说：

“你们家里人抽空带他去查一查，有病早治。”

回去后，石银山就动员父亲去武威地区医院做检查。石满哪里肯：

“没事，缓缓就好了。”

“你不查查怎么就知道好没好？病养大就麻烦了。”

“我的病我不知道吗？”石满不理睬他，掉头干活去了。

石银山知道父亲的脾性，知道自己和母亲都没法说服父亲，就给远在嘉峪关当工人的大姐写信，说了情况。大姐很快回信，说自己在单位工作忙，没空回娘家，叫父亲到嘉峪关去看看她，看看外孙。

大女子结婚后石满只去过她家一两次，觉得亏欠着女儿，这次女儿叫他去，触碰到了他心底最柔软的地方。准备了一下，时光已进了腊月的门，他给张润元安顿了一下，让他负几天总责。他自己的活儿呢，由石银山暂时顶替。吩咐完毕，石满到武威火车站，挤上路过嘉峪关去新疆的一列绿皮客车，到了女儿家。

他这才知道自己中了儿女们的招数。第二天休息了一天，第三天，女儿软磨硬泡，生拉硬拽，要他到医院看大夫。他在女儿女婿的家里，哪里能由得了自己？使性子又使不得，只好让她带着到医院去看病。而城里的大夫又不同于乡下的大夫，有事好商量，他们说下钉子就是铁，让他挂号，他就得去挂号，让他检查，他就得去检查。

检查做下来，他们等了一段时间，结果还是没出来。因为早上他要做空腹检查，没吃，女儿怕他饿着，让他在门诊室外候着，她出去给他买吃的。过了一会儿，结果出来了，他听里面的两个大夫，讨论他的病情：

“……典型的肝硬化，还没到晚期……”

他知道肝硬化是一种什么样的病，但没到晚期，就好，说明自己还有时日。他没怎么发愁，倒是女儿看见诊断证明后愁坏了，哄他说他得了胃炎，叫他在嘉峪关住院治疗一阵子。

石满怕石银山受不了那苦，放心不下，第二天，他趁女儿女婿都上班，偷偷坐车返回了。

回来之后，他对谁都没有说起检查的事。他仍将日子过得日常，该咋样就咋样。过了春节，又到春季植树的时候，他觉得右胁肋部又像针扎那般疼，就找崔文锦开药止疼。崔文锦隔着玻璃窗看见他吆着驴车拉水过来，将驴车停到诊所门口进来，开玩笑道：

“石场长，眉头皱上怎么了？吃着不舒服了？”

石满翻了他一眼说：

“废话少说，那地方疼得厉害，你赶紧给我开个止疼药，驴车还在门口停着呢。”

崔文锦给把药包好，叮嘱他怎么吃后，说：

“石场长，你得住院检查治病，不能光植树不要命啊。”

“我们六家是一个整体，谁家的任务都能完成，就我家的完不成，你说，这不是拖了大家的后腿了吗？”石满接过药包，拔腿往外走，“况且我还是八步沙的负责人呢，把这次的植树任务完成了再说。”

石满靠着一包又一包的止疼药，靠着负责人不拖大家后腿的念头，完成了自己的植树压沙任务。随着劳动强度的降低，他又靠着正值当年的毛驴的脚力，支撑到了金秋。

当时，在省城兰州召开全国治沙会议，石满是全国治沙劳动模范，受到会议的邀请。这时，他的病情半公开化了，大家心情颇为沉重，认为去兰州是一种荣誉，一致支持他去。会后聚餐，他觉得一种白色的瓜特别好吃，就问旁边的人：

“这是啥瓜？太好吃！”

他的话被省上的一位领导听到了。那领导觉得自己司空见惯的瓜，居然还有人不认识，大为感叹，就让服务员从餐厅后堂里取来一个，送给他。

那瓜上面贴着很精致的一块标签，写着“白兰瓜”三个字。石满把那个白兰瓜带回来，舍不得切开吃，经常翻来覆去地看，脑洞大开地想：要是八步沙上也能种出这样的瓜，那该多好啊。

有一天下午，大伙巡沙回来，准备做晚饭吃，以便饭后进沙护林。水都烧开了，却迟迟不见石满老汉的面。眼巴巴等了好一阵，发现他的小毛驴驮着一疙瘩柴回来了，但后面不见他的身影。贺发林揉揉眼睛说：

“他是不是迷路了？”

“大白天的，熟门熟路的，怎么可能迷路？”程海说。

“会不会挖老鼠仓？”罗元奎这么想。

“这倒是有可能。”程海说，“要是幸运的话，一个老鼠仓里能挖出两三升沙米，他不是没挖过。”

左等右等，郭万刚预感不好，急了，抬脚就往外跑。一路呼喊，一路寻找，走了十多里地，到八步沙的尚家槽，远远瞅见沙岗上躺着一个人。赶忙奔过去一看，这不是石满吗？他连推带搡叫喊了半天，但石满两手抱在胸前蜷作一团，面色如沙一般发黄，双目紧闭，只在鼻子里发出痛苦的哼哼声。

郭万刚赶紧返回住处，叫上罗元奎，两人拉了毛驴，将石满小心驮了回来。

大家七手八脚将石满从毛驴上抬到驴车，准备把他送回家。这时石满醒了过来，说什么也不肯。张润元抓住他的手，恳切地说：

“赶紧回家治病，保命要紧，命保住了，这么大的沙漠，有你苦的日子！”

石满很虚弱，他有气无力地说：

“没事，我的命不金贵，也没有那么严重，歇上一阵子，就好了。”

程海扶着架子车，将脸凑过来，劝他：

“你到家里去缓吧，这地方条件这么艰苦，你怎么缓啊？”

石满转了一下头，望着程海说：

“我没事。再说，马上秋季植树，节骨眼上，我们六个是联手，我怎么能临阵脱逃？在部队里，逃兵是耻辱啊。”

大家见他如此说，只好作罢。

石满如此要强，但他的身体垮了，却是不争的事实。其他人各自又有各自的活，不好照顾他的饮食起居，他若一直留在八步沙，就会连累大家。石满才不愿意如此呢，第三天，恰好石银山来八步沙看自家秋季治沙任务，就让他套架子车，拉自己回家养病。

植树在即，自己却病倒不能植树了，自己的任务就得让儿子去完成。石满觉得石银山二十二岁，太年轻，背不住个汤面条，得给其他人托付一下，遇事多指点指点。就让妻子割来肉做饭，让石银山去请林场的其他人来家。

程海、罗元奎等人不知道他的口袋里卖的是啥毛，都扔下手头的活，跟着石银山前去。一番嘘寒问暖过后，石满妻子端上四个香喷喷的炒菜，另一个锅里做的大肉面条也熟了，大家便依次落座吃饭。

饭毕，石满让石银山拿出过年时才喝的酒，给他们一一敬酒。程海站起身，双手挡住石银山双手敬上的酒盘，笑着对石满说：

“石场长，有话你就直说，咱们六家谁和谁，别弄这么正式行不行？”

其他人也站起来，对石满说：

“石场长，你一向直来直去，今天却云里雾里的，太把我们当外人了！”

石满这才说：

“这事就要正式，一来给石银山搁点压力，二来我把石银山托付给大家，他做得不好不到处，大家给他多指点指点！”

大家纷纷说，这用你吩咐？接过酒杯，一饮而尽。

石银山接过父亲石满治沙的担子，并不意味着石满通过休息就可以回春。艰苦的劳作，简单的饮食，恶劣的环境，透支了他太多太多的生命力。自从揭榜摁下红指头印后，他就将自己的一切交给了八步沙。

1992 年 6 月，看着石银山顺利完成又一季的治沙任务后，六十二岁的石满老汉带着未尽的遗憾，永远走了。

临走时，他只有一个要求：不要将他埋在祖坟，要把他埋在八步沙附近的一个沙岗上——那是他看护八步沙林地时瞅中的，他要在那儿日夜守望这片遍洒自己汗水、倾注了自己无数心血的沙地。

第十二章　徐刚之行

石满病逝后，程海被大家推举为林场的新场长。

傍晚，石银山到土门街上拉水回来，程海、罗元奎出门帮他牵驴卸车，石银山从口袋里面掏出一个纸条递给程海，说：

“场长，刚才来的时候，镇上小胡喊我，让我等一等。一会儿他拿来了这个小纸条，说是上午县委宣传部打的电话，要他们通知一下我们，后天有个作家要来我们八步沙。”

程海接过纸条，写着一行字：

“后天北京作家徐刚要采访八步沙林场，望做好准备。”

以前来八步沙的记者也有，都是省内古浪、武威、兰州的。他们也写了好多篇报道，最引人注目的就是刘剑荣发表在《甘肃日报》的《六老汉的头白了 八步沙的树绿了》。

县上要求做好准备，怎么就算做准备。像以前那样？茶叶有，老茯茶。一个小方桌，两个小板凳。坐的东西有。还要什么？对，打扫卫生，这是必须的，让大家把各自的床单被褥拿回家去清洗一下。

他俩这么盘算着，张润元、郭万刚、贺中强护林回来，赶着五六只羊进了院子。

郭万刚平时爱看书，有时还试着写几句古体诗，张润元就把手中捏着的纸条递给他，说：

“看，后天我们林场要来个北京的作家。”

郭万刚一看“徐刚”，觉得这个名字有点眼熟，在脑海里搜寻了一阵，他的心狂跳起来，说：

“我想起来了，是个著名作家，他写的一本书——《伐木者，醒来》，我看过！”

张润元和石银山一听，心情放松下来，原先不知道徐刚是哪路大仙，这下有点眉目了，忙问郭万刚：

“《伐木者，醒来》是本写啥的书？”

郭万刚想了想说：

“这本书好像讲的是人们破坏森林树木，主人公费尽心血保护着他生活的地方的树木不被砍伐，却不起作用，造成环境恶化，所以徐刚就呼吁伐木者醒来，不要砍树了。”

贺中强听了，想到自己干的事儿，兴奋地叫起来：

“那主人公和我们六个人做的事差不多像嘛！我们在沙漠里植树种草，再看护这些草木不叫人们破坏掉，我们比那主人公做的还更多！”

“好人，这作家是个好人。”罗元奎啧啧舌说。

“是，是个有良心的好人。”贺中强附和着。

程海看着大家，迟疑了一下，说：

“既然人家是个著名作家，又是北京来的，咱们总不能像以前那样，倒一杯茯茶，拿一盒‘宏图’接待客人吧？”

“就是，得好好准备一下，买一盒好一点的烟。”石银山建议道。

“行，再准备啥呢？”程海又问。

“不行宰上只咱们的羊？”郭万刚看到大家有点吃惊，解释道，“那些年我在供销社上班，来了贵客就宰一只羊，做手抓羊肉，最后一人一碗羊肉汤垫土豆。”

程海扫了大家一眼说：

“羊是集体的，你们说行不行？”

大家纷纷表态说：

“行，土门羊羔肉历来就有名，应该就让徐作家这样的人吃，吃掉也不后悔！”

程海见大家都同意，就开始安排各项事宜。他对郭万刚说：

“现在好一点的烟是啥？明天你去买两盒——估计还有陪的人，一盒不够。”

“买两盒‘希尔顿’吧，现在稍上档次的人都抽这个，一盒5元，不是太贵还是外烟，不过得上古浪买。”

“行，你去买——你顺便买点花茶吧，给他泡花茶喝。”

他对石银山和贺中强说：

“后天你们两个，到墙后面，避过徐作家，把羊杀掉剁好，交给你们的罗家爸和张家爸。”

回过头来，他对罗元奎说：

“后天伙房里就看你们的了，你们要把手艺亮出来，用啥调料，安顿给小郭，让他给你们办理好。”

分配完毕，大家背了被褥回家拆洗，待后天早晨再背回来，场里由张润元值班。

徐刚一行到八步沙林场是第三天的下午。程海他们在场部等得心焦，听见小黄狗在大门口大声吠叫，猜是徐刚来了，就走到大门口迎接，看见古浪县委宣传部部长沈开祥等拥着一个人涉沙走来。那人身穿银灰色风衣，皮肤也是黑黝黝的，大脑袋，额头发秃，花白的长头发在风中乱舞，看起来像个江湖大侠。

一行人进了小小的干打垒院落，由于屋子小，只有沈开祥、程海和郭万刚陪着徐刚、甘肃省三北局局长马骥进去，其他人则在院子内闲聊等候。

徐刚上上下下打量着屋子，好像在屋子里能挖掘出什么东西似的。

黄土地面打扫得干干净净，还细细地洒了水。屋子北墙边是一盘通炕，炕上靠北墙一溜是显旧而洁净的被褥，似乎还散发出好闻的太阳味道。一张擦得发黑的旧炕桌放在炕中央，炕桌四边各放着一个红双喜图案的茶杯，里面新泡了茶，杯口里升腾着袅娜的热气。房间里最奢侈的，是炕桌中央两盒未启封的“希尔顿”牌香烟。

徐刚没有落座，没有喝水，没有抽烟，转身走出屋子。程海不知如何是好，赶忙也跟出了门，说：

“徐作家，喝茶！”

徐刚将目光掠过小院大门，奔向沙漠，对他说：

“茶先晾着，我们到‘六老汉’创业最早的住处去！”

一行人便陪着他出了大门，向附近的地窝铺方向走去。地窝铺在羊路缓坡上，左右各一处。在一处废弃的地窝铺门口，徐刚注意到几块烧黑的石头，程海看见徐刚看它们，就上去给他介绍说：

“这是烧水做饭时用来支锅用的。”

徐刚点点头，不顾旁边的人劝阻，一弯腰进了地窝铺。地窝铺里啥都没有，地面上堆积了厚厚一层黄沙，角落里还扔着一只穿得没法再穿的破鞋子。他盯着那破鞋了看了好久。

他出来后，挺激动，对马骥说：

“这些农民身上显示出来的那种精神和品质，是应该让我们许多人感到惭愧的。”

马骥也面色凝重，说：

“是啊，这儿能让人的灵魂得到净化！”

徐刚还要去八步沙深处，他握住马骥和沈开祥的手说：

“你们不是要去马路滩林场吗？忙你们的去，不用陪我。留下一辆车，我啥时候想回就回去了。”

众人觉得他说的是，就告别了他，顺着来时的路，越过几个沙丘，坐车去了马路滩。

程海和郭万刚则带着徐刚进入了八步沙。路上，徐刚仔细地向他们询问了八步沙林场的一些相关情况，比如八步沙是怎么得名的，对周边环境有什么影响，他们几家为什么要承包八步沙，如何进行植树压沙，如何对草木进行管护，政府如何支持他们，等等。程海便一一给他解答。有些问题，程海嘴一张，他就知道答案。有些问题，他则要一直问个透彻。如八步沙，郭万刚说是“跋步沙”，他就穷究下去：

“你说，为什么别处的沙子就没有让人这么‘跋’呢？”

郭万刚就俯身抓过一把沙子，一边用手捻着让他看，一边向他详细解释：

“您看，八步沙的沙粒是风从大漠深处带来的，很细很小，脚踩上去，很容易陷下去。当然，可能与人们多年来的说词也有关系。八步沙东边有个山叫祁家煤山，那里煤层浅，煤层也薄，多是个人采挖。土门这边的人用煤，以前要穿过八步沙，人背驴驮运回家。去的时候，只要你背两个七寸大、半寸厚的锅盔，煤子随你驮背。人们就将驴驮的口袋、人背的背篼都装满。可是到八步沙，背的东西、驮的东西重，陷得就深，一步一陷，一步一‘跋’。那时候，八步沙上一棵树也没有，沙丘比现在的还要高大——现在，尤其到‘碾轱辘’沙，人和驴都走不动了，只好把口袋和背篼里的煤倒掉三分之一，再走，出了‘碾轱辘’沙，人和驴都筋疲力尽了，还要涉沙啊，只好再倒掉三分之一。这样，回到家里，只能剩三分之一。‘跛步沙’就是这么来的。”

这解释有道理，徐刚觉得可以采信，这才不再深追。

后来，他又问到植树治沙的经费支撑上，他听说郭万刚是会计，就向郭万刚详细询问：

“国家拨的钱不够，你们卖了自家的鸡、羊和粮食，也造不了这么多面积的林子啊！”

郭万刚只好实话实说：

“每年秋季，一些成龄的花棒要平茬，我们卖一些花棒，给当地村民盖房时铺房顶。没有花棒支撑，林场运转不开，花棒真是好东西！”

郭万刚说到这儿，有点兴奋，拉着徐刚的胳膊，把他带到几大丛花棒前，说：

“这些都是花棒！”

浅黄色的沙生植物，伸出若干长长的枝条，有的枝条上是红花，有的枝条上是紫花，轻盈而艳丽，除了一枝依旧鲜活，大多已经凋残。但它们仍在秋风中，在夕阳下，自在摇曳。

程海见徐刚看得眼睛都直了，跟他开起玩笑：

“徐作家，花棒花期在夏天，它到现在才开，是迎接您这远客呢。”

徐刚听得一乐，将唇凑到一枝花棒上，轻轻地吻了一下。

返回的路上，徐刚每遇到梭梭、红柳、沙枣树、拐枣、白榆、沙蒿、白刺、黄毛柴等植被时，都要细心看一看它们的生长状态，用手摸一摸它们的丫枝叶子，看看它们叶片上积淀着多少岁月的风尘，想象着它们与风沙的抗争，与命运的抗争。这些沙生植物同六老汉一起，筑就了八步沙的绿色丰碑。

他不问，程海和郭万刚也不好打扰。有时他看看他们，他们不知道他的意思，只朝着他憨憨地一笑。

他们不知道，徐刚看他们，是因为他看到绵延不绝的八步沙上绵延不绝的绿色。以前，他总以为无论在阳光下还是月光下，只要屏息静听，就会听见滥伐之声，正是这种滥伐的无情、冷酷和自私，造成了生态破坏的恶性循环：越穷越砍树，越砍树越穷……没想到这儿有六个老汉，面对贫穷，他们没有举起砍伐的斧子，倾力植树，接力植树！

他想看看他们到底是怎样的一群人，但这些人只报以他憨厚的微笑。

他们让徐刚肃然起敬。是的，这些人看上去没有多少文化，没有高深的理论，但他们充满了行动的自觉和行为的高尚。

看到一片新栽的梭梭绿得像江南的小葱，徐刚打着刚劲有力的手势，问了身边的郭万刚一个问题：

“今年种的吗？成活率怎么样？”

“是，今年春天种的。今年春天一共种了 800 亩树和草，成活率大约七成以上。”郭万刚微笑着回答他。

800亩？徐刚首先想到的不是800亩欣欣向荣的草木，而是他们空空荡荡的家底。

徐刚觉得这是他从未碰到过的访谈：被采访者说话不多，总是对他笑着，只是一味地带他走，让他看。他们的那种笑没有夹杂其他，是乡亲看着游子远行归来的笑。他觉得在这儿，得需要自己用心去感受，采访本没有多大作用。

回到场部，程海和郭万刚请徐刚往大炕上坐，去喝茶休息。徐刚执意要坐地下的小凳，程海忙用手抹了一下凳子，递给徐刚。小凳子是擦了又擦的，但他看见徐刚穿的是条白色的裤子，不放心。

郭万刚将小炕桌从炕上搬下来，放到徐刚面前，将茶杯双手递上，请他喝茶。徐刚也请他们喝茶，他们摇摇头，一味地给徐刚的茶杯里续水。程海说：

"北京人喜欢喝花茶，对吗？喝，走了那么远的路，多喝水！"

徐刚看着他们厚实而干裂的嘴唇，看着他们被风沙雕刻般的皱纹，想：他们真把自己当成沙漠里的梭梭、花棒和沙枣树了！

一盒"希尔顿"不知啥时候启封的，只是一根都没有动，他们请他抽。徐刚也没有动，见他们用裁好的旧报纸卷了旱烟抽，也伸手卷了一根。他卷得很蹩脚，点着抽了一口，冲而有劲，但那个香啊，是别处体会不到的。

徐刚说及八步沙什么时候能植完时，郭万刚没有正面回答他，却说：

“要是有个三五万元，就可以把那些黄沙全灭了。”

他明白了，对于他们六人来说，这三五万元就是一个遥不可及的梦想。徐刚真想告诉他们，三五万元是个小数目，在八步沙以外的世界里，有众多一掷千金的奢侈消费。但他忍住了，他自己是不拿一分钱工资的作家，调查时所有花费全是自掏腰包，没必要说人家什么。况且，替他们保守一份世界纯真的秘密，又何尝不是一件有意义的事？

程海和郭万刚陪徐刚去探访八步沙深处的时候，场部这边，石银山和贺中强在墙背后的沙湾里，麻利地宰剥了一只羯羊羔，仔细剁好后，交给等在一边的罗元奎和张润元。

尽管他们做得悄无声息，但土门羊羔肉的香味，徐刚在进场时就已经闻到，喝了几杯水后，他决定离开。

见他要走，罗元奎、张润元、贺中强和石银山纷纷现身，也出来强留。罗元奎袖头高挽，举着一双油手，拦在他面前不让走，说：

“徐作家，您吃两块再走也不迟，是不是嫌我们做的肉不香还是不卫生？”

张润元手里拿着一把沙葱，也说：“徐作家，肉已经熟了，你不吃就走，叫我们心里怎么过得去？”

徐刚不忍看到这种场面，强忍泪水告别八步沙，赶往马路滩林场，同马骥他们会合。六人将他送了一程又一程，直到看见沙丘下等候他的那辆车。

天色渐暗，朦胧的月光下，那些艰难生长的沙枣树、白榆、杨树已经模糊，紧挨地面的梭梭、花棒、白刺、柠条几乎看不见了，凸现着的是沙丘黑黢黢的轮廓，小黄狗的叫声也隐约传来……

徐刚舍不得离去，他让司机停了车，坐在沙丘上。从风衣口袋里掏烟的时候，他掏出来了一盒“希尔顿”和一张纸条。

就着打火机忽闪的火光，他看到纸条上写着一首诗：

著名作家徐刚来访有感

郭万刚

八步风沙地，今朝生紫气。

鸿儒见陋室，侠肝润戈壁。

徐刚不由得闭上了眼睛。

第十三章　5.5 石家槽

1993 年 5 月 5 日。

早晨 5 点多，郭万刚醒来了，他看见窗户上透进的熹微的晨光，忽地起身，暗叫一声：

糟糕，迟了！

再看看身边打着细鼾的罗元奎，又有点不忍心，快六十的人了，还要整天泡在沙漠里，酣睡一晚上，还是缓不过劲来，岁月真不饶人啊。

但随着他窸窸窣窣的穿衣服声，大家陆续醒了，打着哈欠开始起床。这些天，八步沙上的白花苦豆开始长起来了，成为周围群众眼中的香饽饽。他们将白花苦豆连根拔了去，一层层压上土，制作成绿肥，变成土豆的肥料。到秋天，瞅准土豆秧位置，一铁锹下去，铁锹头上能挖出两三个拳头大的土豆。

罗元奎翻了个身，问郭万刚：

“天亮了？几点了？”

郭万刚看看腕上的电子表，小声道：

“5点40。”

罗元奎听了，伸个懒腰，骨碌一下爬起身，也开始起床。

程海一面蹬鞋，一面吩咐大家说：

“主要是阻挡拔白花苦豆的人。大家巡沙的时候，顺手把一些老树上的干枯枝条扯掉。”

大家匆匆忙忙洗过脸，从暖壶里倒多半碗开水，用馍馍填着肚皮。灶上锅里的水也烧开了，大家取过水壶灌满，同装着馍馍的背包一起背了，提上斧头、树剪、绳子，锁了门，两人一组，分头进了八步沙。

罗元奎和郭万刚巡护的是石家槽护林点，两人踏沙而行。太阳刚从东面的山顶冒出来，将温润的气息均匀地带给山川草木，草木抖抖身上的灰尘，对着红红的太阳报以微笑。白榆长出嫩绿的叶子，红柳萌发出紫红的枝条，白花苦豆又披上银灰的套装在起舞。

行至石家槽，他俩沿着沙区边缘，踏着松软窝脚的沙，继续向南行走，一面四下张望有没有进沙拔白花苦豆的村民。走了不多久，罗元奎看见一头毛驴在一个沙窝里吃嫩嫩的沙米和刺蓬，以为谁进沙漠放驴来了。到跟前，见毛驴主人为防止毛驴跑远，又为了让它能吃到草，用缰绳将毛驴的前腿与脑袋，用猪蹄扣紧紧链在一起，只留下尺把长的距离。

罗元奎让郭万刚牵着驴，自己顺着毛驴的蹄印和来人的足迹，轻轻踩着细沙，悄悄撵过去进一步探看，果然看到一男一女在沙坡上拔白花苦豆。罗元奎看见他们双手轮换拔得欢快的样子，心疼地大叫一声：

“你们干什么！”

那女的一听巡沙护林的人来了，吓得立马站起来，手里拿着大把白花苦豆秧，望着旁边的男子不知所措。那男的将手中的白花苦豆秧丢在沙上，慢吞吞地站起了身。

罗元奎看到他们拔光了白花苦豆秧的一块沙坡，好像自己的胡子头发被拔光一般心疼：

“谁让你们拔白花苦豆的？”

“我们又没有破坏你们栽下的树，拔点白花苦豆你们也要管！”那男子不以为然地说。

罗元奎被男子的这种态度激怒了，斥责他道：

“我们怎么不管？八步沙林场是国家三北防护林的一部分，八步沙上的一草一木都是我们管护的对象，你懂不懂？”

“不就拔了两把白花苦豆吗？有什么关系呢？”男子还是那种态度。

“你是拔了两把吗？你看，这一面坡全让你们拔光了！你说没关系，可今天你来拔掉些，明天他来拔掉些，谁也来拔，八步沙不是就叫你们给拔光了吗？到时候刮黄风了靠啥护沙？”

男子无话可说了，准备捆起拔下的白花苦豆离开。罗元奎说：

“这是林场的东西，你捆上哪里去？”

“我就拔了这么点，抱走不行吗？”男子有点恼，“啥都由着你们嘴里说是你们的，这地球也是你们的？”

罗元奎认死理儿，怼道：

“我们没有承包地球，地球不是我们的。但我们承包了八步沙，八步沙就是我们的。”

郭万刚听见坡顶上吵起来，赶着毛驴上来，见男子态度凶巴巴的，拉下脸对男子说：

“前几年，古浪县政府发了个关于加强林木植被管护的通告，对乱砍滥伐林木，破坏森林资源，破坏植被的严重事件和不法分子要采取果断措施追究刑事责任。年轻人，你自己判断，你触犯了哪个方面的规定？”

郭万刚也是个年轻人，只是他长年累月在沙漠里钻，肤色显得黑而粗糙，看上去更老成些。

那男子一听自己的做法违反相关规定，弄不好还要被追究刑事责任，升腾起来的气焰被浇灭了，嘟囔说：

“谁知道有那么个通告的。”

“在各村子各路口都张贴过，你说你外出搞副业，不知道情有可原，你媳妇难道也不知道？”郭万刚望着那女的问。

那女人支吾着，赶过去给驴解开羁绊。

郭万刚问了男子女子的姓名及所在村组，记在随身装的小笔记本上，对男子说：

“以前你不知道，今天你知道了没有？我们念你是初犯，今天口头警告你们一次。如果以后再来，让我们抓住了，那是要从严处理的，至少你们得进派出所。”

男子哼哼两声，丢下怀中的白花苦豆，一边招呼女人牵驴套车返回，一面道：

“有你们黑白无常守着，还来这里干嘛！”

罗元奎和郭万刚心里笑笑：管他黑无常还是白无常，只要你不来搞破坏，你把咱们说成个啥都成。

两人继续往前巡。走了半个小时，看到有三个人在沙中拔白花苦豆，撵过去时，他们套上牲口，拉起架子车就跑了。

只要把人撵跑，让他们意识到看沙人的存在，起到震慑效果就行。两人也不真追。

上午再没发现有人偷白花苦豆的行为。因为套驴车拔一趟苦豆路远辛苦不容易，这边的村民都是清晨出门，过了这段时间，进沙拔白花苦豆的人就少了。吃过午饭，他们躺在沙上小憩片刻，开始间伐树上干枯的枝条。这项工作，他们除每年两次植树季顾不上之外，其他时间都在做。伐下枯枝一来防治病害虫在其上产卵，二来减少火灾隐患，三是用来自家场部烧火做饭。

两人将四个沙窝里的枯枝全部间伐完毕，已接近下午5点，他们捡拾了部分可用的硬柴，各捆一小捆后，坐在沙丘顶部休息，准备过一阵打道回府。

郭万刚忽然用手碰了一下罗元奎膝盖，说：

“罗家爸，快看！”

罗元奎抬头看时，只见西北方有一道百十丈高的沙墙缓慢地移来，沙墙最上层是黄色的沙尘，沙尘中有飞舞的纸片和塑料袋；中间是橘红色的沙尘，狂沙翻飞剧烈了许多，密度也大了不少；最底下是黑褐色，尘团剧烈翻滚，发出沉闷的轰鸣！

两人看看东南边，还是蓝天绿树；再看看西北面，五彩沙墙耸入高空，沙尘升腾翻飞。

沙墙离他们越来越近，沉闷的轰鸣声越来越大，他们清晰地看到沙墙内蘑菇样的沙尘团膨胀飞旋的情形。罗元奎忽然醒过来，一把拉起郭万刚，瞅准一个两米高且背风有白榆的崖湾，连滚带爬地跑过去蜷伏下来，迅速扯起上衣蒙在头上。

两人刚做好准备，沙墙就推进到他们头上。他们顿觉得天塌地陷，狂风呼啸，飞沙走石击打得他们护着脑袋的手生疼。

隔着单薄的外套，他们感觉到风在吼，沙在倒，树枝被风刮得扫着他们的脊背。他们刚把身上的沙抖落，将身子往上挪一挪，没过几分钟，身上又落满了沙子。他们做的动作只有两个：用手抱住脑袋，不断地抖落身上的沙子。

不知过了多久，沙尘暴停止了肆虐。他们抖抖身上的沙，取下护头的上衣，站起身来，发现一切都变了：天空变成暗红色，高高的崖湾变成小土坎，大白榆半截埋在沙里面。

他们掏了掏鼻孔里、耳朵里的沙子，辨识着方向，准备返回场部，看看其他人怎么样，看看林木受损的情况。

郭万刚按照刚才黑风暴的来向，指着西北方向，说场部在西北边。罗元奎却反复说场部就在东南边。两人的争论还没结束，一场扬风大雪不期而至，天地顿时混沌一片。

石家槽是没法待了，他们只好离开这儿。刚才都还有方向感，这会儿什么都消失了印迹。郭万刚便跟随罗元奎向东南方向走去。

他们走啊走，走到身边没有林子、脚下没有沙了，还是找不到场部。眼看看天就要黑下来了，他俩越走心里越焦急，越焦急越不辨东南西北。好在他们发现自己走在一条路上，便顺着路一直走，看见路边有一户人家，两人像遇到救星一般，赶忙敲门。

开门的是一位年岁比罗元奎大不了多少的大爷，他瞧着眼前的这两位叫花子一样的人在风雪中直打哆嗦，忙把他们让到屋里，坐在火炉边烤火。老头的老伴很贤惠，给他们端来馍馍，倒了糖茶，请他们慢用。

他俩又冻又饿，一边大口吃着馍馍，一边喝着热茶，好一阵，才缓过劲。罗元奎捋着胡子，对那位老人说谢：

“大哥，谢谢你们的款待，你和大嫂真是好人啊！”

“兄弟，不客气！谢什么？这么大的黑风暴，不出事就好。再说，谁出门会把家背在身上？”大爷摆摆手说。

郭万刚放下茶杯问：

“大叔，贵庄叫啥名字呢？”

“啥贵庄的，这儿叫塘沟。现在一年比一年旱，庄稼养不活人，好多人家都搬到永丰滩去了，我的儿子媳妇孙子也搬到那里了。”

塘沟？罗元奎和郭万刚心里忽地亮堂过来，他们南辕北辙了。生怕家里人担心，更怕林场的其他人焦虑，像那次寻找贺发林那样找他们，他们起身告辞，罗元奎说：

“谢谢两位，我们回了。”

“你们住下吧，这么大的雪，明天再走嘛！”那大爷挽留他们。

郭万刚双手握住那位大爷的手，说：

“谢谢大叔，谢谢大婶！我们得回去，家里人还等着呢。我们不回去，他们还以为我们出了啥事。”

两位老人听他们说得有道理，也不再挽留。那位大爷送他们出来，一再为他们指着道路。

他俩离开塘沟，冒着鹅毛大雪，踏着鞋口深的积雪，顺路直下，深一脚浅一脚向场部赶去。满是灰土的衣服，沾满雨雪，活像是出土的泥佛一般。半路上，他们遇到搬迁到永丰滩的塘沟的年轻人，他们骑着骡子，连夜去看望家中的老人。遇见他俩这般模样，骡子受到吓惊，一趔腰，纵身飞跑。

到晚上 11 点，他俩才回到了场部。他俩的家人果然都在场部等着，急得不断抹眼掉泪。林场的其他四人，担心地蹲在门外，眼巴巴地向黑暗深处瞅着……

这场骇人听闻的“5.5黑风暴”，夺走了古浪二十几个学生娃的生命，六老汉不敢相信也不愿相信这事是真的。他们想，要是人们治不住沙，连自己孩子的性命都保不住，这个地方的人们怎么生存呢？这场黑风暴，更加坚定了他们治沙的信念。

第十四章　柳暗花明一口井

1997 年夏初的一天早上，石银山去场部，路上遇见一个熟人刚从台子村石河湾的地上回来，寒暄几句过后，那人说：

“你们新墩岭的林子有人放羊呢！”

“啥时候？”石银山问。

“刚刚进去。”

新墩岭现在是八步沙的一部分，树已长大，林间草长得很茂盛，离村庄又近，成为个别羊倌的首选地。石银山他们经常去那儿巡护，多次阻止，但没有威慑的教育无法完全阻止羊倌放羊，前脚撵走，等他们一走，羊倌们照放不误。

要是在平时，石银山会立马甩开长腿往那儿奔，但今天他没有那么做，直接去了场部。他打算喊上其他人，一起到新墩岭，捉几只羊回来，好好给羊倌们上一课。当他带着大伙赶到新墩岭时，却发现羊倌打起了游击战，待羊饱食之后，迅速赶着羊群离开林子，只留下些许新鲜的羊粪蛋。

返回时路过石河，他们有点垂头丧气，坐在河岸的石头垒子上休息。也许是受情绪影响，罗元奎叹了一口气，说：

“我们以后该怎么办？工资两年多没发了，家里一没花的钱，二没吃的粮……总不能钉在八步沙上喝西北风吧？”

他说的是实情。从 1995 年起，三北防护林建设局把建设区域性生态经济型防护林体系定为重点，防沙治沙工程向重点沙区倾斜。八步沙不再是重点沙区，不再享受国家资助，每亩 20 元的造林补贴也停发了。到 1996 年起，因古浪县财政发生困难，县上也停发他们领了十多年的每月 40 元的补助。

吃不上饭，还要管护好几万亩的林场，八步沙林场一下子被推入困境。

八步沙上栽植了大量的花棒。花棒皮质坚硬韧性好，不容易被虫噬，在当地被作为重要的建筑材料，用于铺盖土坯房的屋顶，需求较大。程海带领大家间伐出售花棒，花棒行情好的一年，能卖 6 万多元；行情不好的年份，只能卖 1 万多元。这样，八步沙林场依靠销售花棒勉强维持着。

当地及周边的群众开始修建砖瓦房后，花棒便没人要了，“香饽饽”开始淡出市场，职工每年 3000 元的工资拿不上不说，每家还要拿出家里不多的 3 亩左右承包地当苗圃，八步沙林场何去何从，这是一个很现实的问题。

程海是倔脾气，沉默了一阵道：

“从 1974 年起到现在，我种了二十几年的树，护了半辈子林，怎么连饭都吃不上了？怎么忽然间就没人管我们了？吃不上饭，怎么去植树种草护沙呢？没有了八步沙，土门镇还能守得住吗？”

罗元奎望了程海一眼，指着眼前一大片绿油油的杨树林和杨树下绿莹莹的沙蓬，给大家打气说：

“说那些干什么呢，当初条件那么困难，我们都挺了过来。如今毕竟比以前好多了，还是坚持吧。如果我们放弃了，你们看，这多少年的心血就都枉费了。要是我们坚持下来，将来自然会有艳阳天。”

石银山也接过话头说：

“对，我们要勒紧裤带往前走。要是我们继续坚持，至少还有这些林子。要是我们放弃了，我们就一无所有了。”

郭万刚觉得罗元奎、程海、石银山都说的不无道理，只是没聚到一个点上。他说：

“程家爸、罗家爸说的没错，我们得坚持，现在我们穷得只剩下八步沙了，离开八步沙，我们什么也没有。不过，我相信程家爸也不是让我们趁机散伙，各回各家，他说了大实话。大家想想他说错了没？谁家还有余粮卖？谁家还有存的钱？现在给场部看门的大黄狗都没喂的食了。”

大家纷纷点头说：

“就是，他说的没错。”

大家都向郭万刚投去佩服的眼神。郭万刚见人心思变，说出自己这些天来的一个想法：

“这几年我们八步沙给外面的印象就是穷、抠门。没钱花，没粮吃，我们自己想办法。现在有些村子不是在打井吗？我们也打井吧。要是我们打一口井，多平田地多种粮，还愁吃愁花吗？这几年连年干旱，有了井，我们还用得着到土门街上拉水浇树苗吗？有了井，我们不就可以把剩下的那些沙植完吗？”

大家以前也有打井的想法，不过是一闪而过。现在郭万刚明确提出来了，大家被他这大胆的设想打动了。这些年来，养家糊口与植树治沙似乎是一对不可调和的矛盾，大家谁都苦闷过、迷茫过，处于“山重水复”的边界，郭万刚的想法，让大家有了“柳暗花明”的感觉。

“可是，打井需要资金，资金从哪里来？”一直没说话的石银山提出自己的疑问。

“想办法，车到山前必有路，船到桥头自然直。打，这个井砸锅卖铁也要打！”罗元奎坚决支持打井。

“1斤花棒才1角几分钱，打一口井得40万，啥时候才能凑够这些钱呢？”贺中强觉得这40万元，对他们就是个天文数字。

郭万刚环视了一下众人，对石银山和贺中强说：

“先有了打井这想法，我们慢慢再想第二步、第三步。村里是个人集资，但我们是集体，最起码可以申请一部分贷款。”

“就是，办法总比困难多，总有一个适合我们的办法。”罗元奎站起身来，“走吧，在这儿坐到天黑也想不周全，我们一边走，一边说，回去后，还可以让亲戚朋友出主意。”

亲戚朋友出的主意都站在关心他们的角度，有熟人跟他们开玩笑说：

“林业专家不是测算了吗？你们八步沙林场栽植的各类树木达2万多立方米，经济价值超过1000余万元。守着金山银山，却精打细算地准备打井过苦日子，你们没长脑子吗？”

他们听了笑笑，告诉那些熟人：这些金山和银山是八步沙的定沙神针，不能动。动了八步沙就会剑指土门，到时候土门就会是第二个沙洲城。

也有熟人直截了当地建议：

“干吗贷款啊借钱的？间伐一些杨树和产薪柴，就可凑够打井的几十万元钱。”

伐树，这是他们想都不敢想的事——这些树可凝结着两代人的心血和汗水，有时一个树坑里，要反复栽几次、栽几年才能栽活一棵树，他们怎么忍心举起斧头呢？

主意还得自己拿。晚上巡沙归来，他们聚在那三间土坯房里，你一言我一语，亮出自己的想法，互相碰撞。郭万刚呢，集思广益，总结出“出工记账，折价入股，按股分红”的管理模式，计划在银行集体贷款20万元左右，商定6户人家每户集资5000元，加上林场靠卖花棒积蓄的4万余元及其他，大约共27万元——打井的资金大体就有了着落。

……

当大部分资金到位后，打井工作便有条不紊地往下进行。程海负总责，郭万刚跑外交，石银山负责平地与打井，其他人看管林地，贺中强应急。为了加快进度，平地与打井都承包于人。用机器打井，每米500元；用人工挖大口井，每米200元。为节省钱，他们先人工开挖直径6米的大口井156米，见水后，再请钻井队用冲机又下打小井子40米。

打井到关键时刻，外地来的钻井队因为八步沙的冲井资金没交齐，给了六老汉一个最后期限，声称届时交付不清，他们将停机。六家人没其他指望，将钱款分解到各家，各家只好重新挖掘潜能：借钱的借钱，粜粮的粜粮，卖鸡的卖鸡，有的人家甚至把开春播种用的籽种都给卖了。

1998年农历正月，一眼深达200余米的深水井打成，从

八步沙机井出水了，治沙人开心地笑了（资料照片）

台子村一队购置的400亩荒地也已平整。合上电闸，井管里水龙低吟几秒后，一股清流以每小时80方的量喷涌而出，而后顺着铺砌好的渠道，欢快地流向那些焦渴的土地……

罗元奎掬了一捧井水，一饮而尽，一行老泪纵横在他那布满沟沟壑壑的脸上，郭万刚望着清澈的井水，也忍不住哭了。

这不是普通的水，这是八步沙救命的水，是给八步沙带来希望的水！

他们破例在那天奢侈了一回，杀了鸡，割来肉，提上酒，对着哗哗奔流的井水，吃啊，喝啊，笑啊，跳啊……

当年，他们试种了300亩土地。

夏收季节，麦场上六位“愚公”同他们的家人一道驾驶三轮车碾打小麦，借风扬尽麦衣后，淡黄的麦粒堆成小山，每个人的脸上都洋溢着丰收的微笑。

这些，场长程海并不感到惊讶——参观的人络绎不绝，让他们都应接不暇了。

“这是第一年，还没将田地的潜能完全发挥出来，但小麦每亩五六百斤没问题。1斤小麦1元钱，哈哈，信心就在这里。”

路过成片的绿油油的玉米地时，程海自豪地说：

“八步沙治住了，风沙小，苗出得齐全，你看，长势挺好吧，秋天亩产估计不下800斤！”

罗元奎老人的西瓜地，满地都是滚圆的大西瓜。好客的罗元奎一点也不小气，随手摘下一个切开，仔细一看，居然是红红的沙瓤！咬一口下去，入口即化，比冰糖还甜！程海望着西瓜地，对空作了一揖，说：

“石爷你看，咱们八步沙的西瓜种成功了！以后，想种你那白兰瓜也没问题，你也为我们高兴吧！”

蔬菜园里，紫红的茄子、尖尖的辣椒、红红的西红柿、碧绿的芹菜……整齐地排列，散发出诱人的味道。

八步沙林场的苗圃里，小白榆、小沙拐枣、小梭梭、小沙枣树、小柠条精精神神地茁壮成长，准备随时奔赴风沙线上。

程海感慨万端：

“十八年来，我们第一次收到八步沙给我们的礼物，高兴啊，真高兴！再过两天，我们各家留足口粮，粜了小麦，就清还银行的一部分贷款。依我看，不出三年，我们就会还清贷款。八步沙，我们与你共存共荣！”

第十五章　曲折贷款路

为使八步沙林场走上良性循环之路，他们总结了八步沙“六老汉”“以农促林、以副养林、以林治沙，农林牧副多业并举”的发展方向。

“三老”（程海、罗元奎、张润元）“三少”（郭万刚、石银山、贺中强）六人定下发展方向后，摆在他们面前的首要问题是解决土地。八步沙上沙丘居多，土质贫瘠，沙上渗漏严重，是没法种植庄稼的。他们就把目光投往场部西南侧的一大片撂荒地。那儿土地较为平整，容易成地，而且土层较厚，那是台子村一队的旱田，因天气干旱及八步沙的风沙一直弃耕，成为羊倌的放羊地。

八步沙的风沙治住了，要是能把这些撂荒地买过来，和八步沙紧紧连在一起，一边植树治沙，一边打井种庄稼，那该是多好的事啊！

他们就去找台子一队的队长及群众代表商谈。张润元的老母亲先到台子一队，找到张润元的外甥，说了买地的事。张润元的外甥让舅舅他们在家里坐着喝茶，自己出门去找队长。不大一会儿，队长来了，因为以前张润元担任过台子大队的党支部书记，两人都彼此认识，寒暄之后，张润元说：

“你们八步沙西南面的那块撂荒地，闲着也是浪费，现在天气一年比一年干旱，你们想种也没法种，不如把它卖给我们八步沙，大家得点实惠吧。”

他说得很实际很在理，队长也深以为然，他问了个大家最关心的问题：

“一亩地得多少钱呢？我得跟大家商量一下。”

“60到70元……顶到头80元，你看怎么样？再多了，我们也掏不起。你给大伙多解释解释。”郭万刚道。

这价格有点低，但队长觉得他没有乱出价，也能接受，临走前，队长对他们说：

“你们得等等，村里人的思想不好统一呢。”

那块地撂荒接近二十年了，1分钱的收益也没给大家带来，摆在那儿有什么用？当一队的村民们得知消息后，意见大体一致。

听到消息，六老汉高兴得不得了，觉得曙光就在眼前。但高兴了没几天，张润元的外甥赶到八步沙林场，带给他们一个坏消息：有人每亩出价150元，买那片土地。村里准备要把那块地卖给那人！

六老汉惊愕之余，问道：

“你知不知道那人是谁？”

“胡登奎。”张润元的外甥说出一个名字。

这名字大家都不陌生。胡登奎是土门有名的包工头。

以胡登奎雄厚的经济实力，他们与其竞争，就像鸡蛋碰石头。可是买不到这片撂荒地，又到哪里去买呢？别处买到地，要是不在八步沙附近，又有什么用？程海望着大伙脸上密布的愁云，说：

“愁什么？我们去找一下胡登奎！”

程海与郭万刚同胡登奎以前是老熟人，只是他们承包八步沙林场植树压沙之后，将自己置身于沙漠之中，便疏于来往了。当他们到胡登奎家后，见着胡登奎，开门见山就问：

“胡总，听说你要在八步沙边上买一块地？你买地做啥用啊？”

胡登奎给他们泡了茶，坐一边说：

“也没啥可做的，只想在农业上发展一下。”

“现在八步沙林场出现困难了，我们打算买那片地打井种庄稼，走以农促林的路子。前些天，我们和一队按照每亩地80元都谈好了，结果听说你以每亩150元的价格也要买。”

胡登奎大感意外，拍了一下茶几说：

“啊，你们也要买？误会，误会！我没有撬你们杠杠的意思，我不知道你们要买啊！”

他们望着胡登奎，恳切地说：

“我们八步沙真的需要那片撂荒地。我们抢不过你，你不要买了行不行？”

“我不跟你们抢了，你们买吧，你们为了大家也太不容易了。只是我把价格涨到 150 元，害得你们只能在 150 元的基础上买了。”胡登奎有点懊恼。

程海用力握住胡登奎的手，说：

“谢谢胡总，只要您不加价、不插手就好！”

撂荒地有了，接着就是井的问题。

打井需要钱，而且不是个小数目。这钱从哪儿出呢？

契机来了：省道 308 要穿过八步沙，县上只补偿了他们林场 8000 元！

8000 块钱能干啥？连买树苗的钱都不够，更别说其他的费用了！他们直接去找时任古浪县委书记徐文善。

当他们敲开徐书记的办公室门时，徐书记认出他们来，从办公桌后面站起身，并操着浓重的凉州口音，很随和地问：

“老汉们，干啥来了？”

程海将省道308过八步沙林场、只补偿了林场8000元的事，一五一十地说与徐文善。徐文善一听，说：

“对啊，补偿 8000 元确实有点少。”

郭万刚接着说：

“现在八步沙林场困难很大，我们想走‘以农促林、以副养林、以林治沙，农林牧副多业并举’的路子，在那里打一口井，补偿款将用在打井方面。”

“这是好事啊——你等等，我给张禄和打个电话。”徐文善给分管这项事宜的副县长张禄和打了两次电话，找到张禄和，将情况说与张禄和，挂了电话，回过头来对他们说，“张禄和在土门工路段上，晚上回来。你们晚上住古浪吧，他来了，我们开个碰头会，面对面说这个事，怎么样？”

张润元考虑到还有其他事，说：“谢谢徐书记，我们林场还有其他的事。既然您给张县长打了电话，这会儿还早，我们去找他。”

从县委大院出来，程海他们坐了班车，赶到土门公路段，找到张禄和。见面后，程海他们将在徐文善那儿说的话如数说了一遍。张禄和考虑了一下，对他们说：

“三天之后，我给你们一个答复。怎么样？”

“张县长，我们的两条腿撵不上您的四个轱辘啊！”

“这个不用你们考虑。”他指着身边站着的国土局办公室主任，说，“到时候程主任会去找你们。”

过了三天，程主任果然带着答复来到八步沙，答复是：在8000元的基础上，又增加了1万，共18000元。

这数额距离他们的期望值还有一定的差距。省道308实际占用面积，加上临时便道，补偿金应该不止18000元。送走程主任，程海和张润元一合计，转身又去古浪找徐文善书记。

徐书记不在，县委副书记银守钰的门开着，他俩敲敲门，进去了。银守钰见他们进来，指指对面的沙发，说：

“原来是老汉们啊，啥风把你们吹来了？”

大家坐在沙发上，程海说：

“八步沙困难大得很，想麻烦一下领导么。”

“有多大困难，皇台集团的总经理张景发，起初一分钱都没有，他不是也把事干成了？”银守钰说。

两人觉得这话挺励志的，顿了顿，还是将他们打算利用补偿款购地打井、以农促林的想法说了一遍。银守钰摸着下巴，想一想说：

“你们这想法很好，只是补偿款再高也不够你们打井的开销啊——这样，徐书记今天不在，我给他汇报，明天上午到你们八步沙开个现场办公会议，你们先回去准备一下。”

在八步沙开现场办公会？这把六老汉难住了。就那三间土坯房，一间当伙房兼储藏间，剩下两间里，除了那盘大炕，一个小方桌，两个小板凳，再啥都没有。平日里他们要坐，就坐在炕沿上，或者门槛上。明天领导们来，不可能让他们坐在炕上或者站在地下开会吧。

他们回去后马上开“诸葛亮会”想办法。会上，有的人主张保持原状，也让有关领导看看他们真实的生活现状。程海摇摇头说：

“那样做不行。他们是来解决问题的，不是找问题来的，是八步沙的贵客，我们得欢迎他们。”

“缺凳子缺桌子，我们找桌子找凳子就是。”

哪里找呢？找学校？又不是星期六星期天，学校的桌凳被搬走，学生怎么上课？石银山说：

“我记得袁兴泰袁爷那儿有长条桌凳,要是能借到就好了。”

程海让别的人打扫卫生，垫平土坯房里的地面。自己带着贺中强开着三轮车到袁兴泰的家。袁兴泰以前包工当老板，后来转行，在地方上从事公益事业，一听他们为八步沙而来，二话不说，就招呼他们搬桌凳。

现场办公会议如期召开。主席台上坐着徐文善、银守钰和张禄和等领导，参会的单位有两西指挥部、县林业局、县水利局、县农牧局、土门镇等，共十多人。徐文善书记道：

“八步沙林场为了植树治沙，购置了台子村一队的土地，想走‘以农促林、以副养林、以林治沙，农林牧副多业并举’的路子,眼下想打一眼井,资金上遇到了困难,大家看怎么解决？”

谁都明白开这现场会的目的何在，县林业局局长安佩章首先表态：

“八步沙的事，也是我们林业局的事，我们支持1万！”

接着是两西指挥部的副指挥王治安，他站起来，说得很干脆：

“两西指挥部，1万。”

“你们涂刷井壁不是得用水泥吗？我们水利局给您提供20吨水泥。”水务局局长严新平说。

公路方面说："我们已经答应了 18000 元，再追加 1 万！"

接下来没人说话，张禄和盯着土门镇镇长，问：

"八步沙在你们土门的地盘上，受益的主要也是土门人民，你们得大力支持！"

镇长站起来回答：

"我们想办法。本来想用以工代赈的款，可是款已经拨付到各村了……"

程海一算，一共才凑了 48000 元，外加 20 吨水泥。

他们突然想到地委书记李保卫，前年他来八步沙林场视察过两次，对他们植树治沙的事很上心，或许他有办法。程海和张润元立即坐车去武威，辗转找到李保卫的办公室，敲门进去。李保卫认出他们是八步沙"六老汉"中的两个，过来跟他俩握了握手，问：

"老汉们，啥事？"

程海汇报道：

"我们八步沙现在拿不到一分钱的国家造林补助，但我们没有放弃，打算通过'以农促林、以副养林、以林治沙，农林牧副多业并举'的路子，继续植树压沙。现在我们想打一眼井，发展农业、副业，但资金上遇到了困难，您有什么办法没有？"

"是这样啊？我给你们介绍一下，你们去找银行行长，"说着，李保卫坐在办公桌前，唰唰唰写了几行字，将那页纸递给程海，"介绍信上写清楚着呢，让他给你们林场贷上些款。"

八步沙林场有经济价值超过1000余万元的各类树木，但没有一定数量的自有资金，没有需经评估公司估价的抵押物，没有自己的银行存款，更没法证明还贷能力。贷款，谈何容易。

程行长看着介绍信，问了问信心满满的程海和张润元几个问题后，问他们贷多少钱。程海挺挺胸说：

“20万。”

“20万？”程行长说，“现在一般只能给农民每户贷500元的款，数额再大了你们还不起。要贷20万，你们那林场怎么能还得起呢？你们回去吧。”

他俩没再去找李保卫书记。

走着走着，突然有一人闯进他们的脑海：武威林技中心的主任付元年。付元年十几年前在古浪县林业局当过办公室主任，那时他们就认识。他们想，既然到武威了，就去找找付元年。

当他们说了自己的构想后，付元年对他俩说：你们来得正好，明天我就去兰州开会，把你们八步沙的情况给省林业厅汇报一下，让省林业厅跟你们古浪的银行联系一下。

省林业厅？他们不知此举是否可行，便没将付元年的这句话放在心上，郁闷地回了家。

不曾想三天以后，在省林业厅的积极帮助下，八步沙林场在当地银行顺利贷款15万元！

希望，又在脚下延伸。

第十六章　小年买井管

1998 年 1 月 20 日下午，张润元正伏在场部大炕上记账，郭万刚匆匆进了场部，对他说：

“张家爸，有辆给金昌送菜的顺风车，车在路边等着，程场长叫我和你收拾一下，到金昌买井管去。”

也没啥好收拾的，看看衣服还算干净，张润元打开背包，取出钱，装在棉衣下面最里层的兜里，用别针别住兜口，按按，鼓鼓的，感到很踏实。

他们唯一换了的，就是脚上的皮鞋。

石银山在场部边新开垦的荒地里看着推土机师傅平田整地。这小伙子，就像他爹石满那样有韧劲，铆足了劲，井上有活就往井上跑，该取水泥就给水泥，该给钢筋就给钢筋，该下井察看情况就下井察看情况，其余时间就在新开垦的田地里，说是“看着”，其实在指挥、督促推土机师傅，要他及时完成平地任务。这是他们六个人的构想：井打好，地整好，当年种植，互不耽误。

这几十天里，林场里谁都在连轴转。

张润元把石银山叫来，交代了几句，摆摆手，就和郭万刚背了各自的背包去赶车。

驾驶室里除了司机师傅、贩菜的老板，只能再坐一人。张润元让郭万刚去坐，郭万刚哪里肯，说：

“你腰腿疼，受不得潮，你坐。我穿大衣，坐车厢就好，车厢宽敞，我一路睡到底。”

郭万刚说着，就攀上卡车车厢，坐在苫盖蔬菜的棉被上面。贩菜老板从驾驶室伸出脑袋，对郭万刚说：

“坐稳当，别乱动，小心我的菜！”

井管在古浪水利局也有卖的，水利局负责这项业务的人联系过他们，说送货上门，保质保量。但郭万刚一打听，比金昌厂家的贵很多，觉得太不合算，就婉拒了，说自己有个亲戚在金昌河西堡铁厂，他们去那儿拉。

数九寒天，车厢顶上的风更利更硬。起初有太阳时，还不怎么冷，郭万刚竖起大衣领，将脑袋缩在大衣领里，竟小睡了一阵。下午 5 点多，车过武威，太阳落下山，气温降低，郭万刚感觉身上的大衣不起什么作用了。冷风轻易地穿透大衣，一点一点舔舐他身上的热量。到天完全黑透，汽车行驶在戈壁滩上时，他已经冻得找不到北了，觉得身上像没穿衣服一般。

他记起给蔬菜保暖的棉被之间有一条缝隙，就使劲抬起棉被，将腿脚伸进棉被里，腿脚顿时暖和下来。他继续往里拱，将身体和那些萝卜、辣椒、冬瓜、西葫芦充分地接触，只留下脑袋露在外面。他和蔬菜兄弟们共同享受着棉被的温暖，吸收了它们的体温，身上暖和起来。蔬菜们又同情起他来：既然我们一起同甘共苦，你看，我们都湿漉漉的，只有你干巴巴的，太可怜了，我们滋润你一下吧。不一会儿，郭万刚觉得湿气透过衣服，附着在他的皮肤上，浑身痒痒的。他不习惯，又无法拒绝它们的好意，只好忍着。发痒痒总比到车外冻成冰棍好吧，这道理他懂。

晚上九点钟光景，车到河西堡医院附近的一个路口停下，他们要在这儿下车。郭万刚见车在路边停稳，忙告别他的蔬菜兄弟们，从棉被下面爬出来。前一阵子，他就听到鞭炮声，还以为自己的听觉出现问题。这会儿听见此起彼伏的鞭炮声，他有点惊奇：河西堡的城里人真怪，晚上还要放鞭炮？

张润元先下车，张望了一下车厢，瞧见郭万刚还坐着上面，招呼他：

“到了，快下来活动活动，你是不是冻僵了？”

郭万刚慢慢攀着车栏杆，下了车。那贩菜老板看着他直僵僵的走路姿势，对那司机说：

“我坐在驾驶室里脚都冻，这年轻人从车顶下来还能走路，真是个铁人！”

他俩在附近找了家旅馆，住了下来。张润元的侄儿就在河西堡医院上班，张润元在前台给他打电话，让他前来叙旧，侄儿在电话里请他俩过去。张润元说我们不熟悉这儿，出门就辨不清东南西北。挂了电话，两人准备出门找饭馆吃饭。旅馆的老板娘说：

“大冬天的，饭馆早就关门了。你们出门向右拐，看那儿的小卖部关门了没有。”

两人过去，见那儿前后有小卖部，门窗都关得严严实实。寒气袭来，郭万刚受潮的衣裤瞬间变得硬邦邦，自己也觉得冻得受不了了。两人便不再寻找饭馆，返回住处。

中午吃了点烤土豆又嚼了几嘴馍，这会儿已饿得前心贴后心了。两人各倒了杯开水喝着，聊着近几天来林场发生的一些琐碎事。张润元的侄儿裹得严严实实地找上门来，手里提着卤肉饼子、面包和一瓶酒。他将东西放在桌上后，一边脱大衣一边说：

“我估计你们没吃饭，外面店铺也都关了，家里现有这些，就拿来了，你们凑合着吃吧。”

张润元笑着说：

“有卤肉吃还凑合？”

郭万刚将装有卤肉的袋子打开，烤在暖气片上热，口里说道：

“太迟了，还打扰你。要不是你送这些吃头过来，我们今晚肯定是饿着肚子睡觉了。”

这时，近旁有人放起花炮。郭万刚问张润元的侄儿，说出他一直藏在心中的疑惑：

“兄弟，河西堡晚上有放炮的习惯？”

张润元的侄儿有点莫名其妙，说：

“今天腊月二十三，是小年，晚上送灶君上天，其他时候也不放。老家不也这样吗？”

张润元递给他一块饼子，问他：

“你不知道今天是小年？”

郭万刚接过饼子，不好意思地笑起来：

“一忙，还真忘了今天是几月几日。”

张润元的侄儿把酒瓶也烤在暖气片上，感慨万般：

“你说，你们忙成个啥样子，连小年都给忘了！赶快吃，吃饱饱的，我敬你们几杯！”

第二天上午，他们到了河西堡铁厂，找到铁厂的负责人郭志远。郭志远和郭万刚自小认识，郭志远到金昌这边发展后，他们才失去联系，郭志远回老家也是匆匆忙忙的，谁都见不到谁，现在见了，分外亲切。郭万刚向他说起了八步沙的过去与现状。郭志远叹息说：

“金昌和古浪平时联系不紧密，倒是几年前的一场沙尘暴，把二者联系了一回。”

郭万刚笑一笑说：

“那次我和罗元奎罗家爸差点没命了，以为我们土门遭受了沙洲城那样的浩劫。至于金昌的事，那是后来从报纸上看到的。”

说到井了，郭万刚向郭志远说明来意：

“是这样，到您这儿来，我们是买井管来了。古浪水利局也有，但贵，我们想你在这儿，就找你买来了。”

“你们到这儿买就对了。”郭志远说道，起身给他俩续了水，“只是现在厂里制度严，没有捐赠这一条款。”

“捐赠？没敢想！只要稍优惠一下就好！”郭万刚忙解释。

“我知道，这些钱都是你们自己的，能省一分是一分。你们太不容易了。”

第二天，他们到了郭志远办公室。郭志远拨了个电话，不一会儿，一个精干的中年人敲门进来。郭志远向他介绍说：

“马经理，这两位是我一个村的，发小。他们承包了几万亩荒沙，植树治沙。现在要在沙漠里打深井，到我们厂里买井管，你带他们去办理手续。”

张润元和郭万刚起身跟着那位马经理到隔壁，马经理让一个小媳妇给他们开票。张润元惴惴不安地拽拽马经理的衣襟，问道：

“经理，一节井管多少钱呢？”

马经理偏过头来笑着问：

“我这儿是一口价，不能讨价还价的。”

“我们只是算一算带的钱够不够。”郭万刚有点脸红，“还得留点雇车坐车的钱啊。”

“这价格到你们那儿一节能买两节，您觉得够不够呢？”

开好票，交了钱，张润元兜里还有厚厚的一沓钱。两人谢过马经理，欢天喜地地到郭志远的办公室，把票给他看。郭志远摆摆手道：

“这儿是一级销售部门，开的票都是出厂价，不用看。”

张润元不好意思地说：

“唉，给你丢人了，我还问他一节多少钱，他说他这儿不讨价还价！”

郭志远哈哈大笑起来：

“没啥，没啥，你这张家爸，太朴实了！”

二人准备告辞，郭志远问他们：

“找到车了没有？”

“我们这就出去找，看能不能找个顺风车。”

郭志远让他们坐沙发上等等，拨打起电话来：

“喂，刘经理，老家来人买了些井管，你手上有没有便车？走武威的？请他稍微绕一下，帮个忙……好……好！”

挂断电话，郭志远对他们说：

“过一会儿有个便车去武威，我让他稍微绕个道，把你们先送下后再回武威。要么你们再待一天，我给你们好好补过个小年，再喧一喧你们治沙的故事。”

郭万刚双手握住郭志远的手，说：

“就这都太麻烦你了！以后你回老家，就到我们八步沙来参观，我们给你做家乡的手抓羊肉！”

告辞了郭志远，他俩回旅馆收拾了行李出来，拿着票据去库房提取井管，便车已在库房那儿等着。交割完毕，装好车就上路了。驾驶室里，除了司机还有一位。天气又阴冷，张润元从郭万刚口中得知昨晚被冻成狗的样子，坚持让他去坐班车回家。郭万刚呢，又坚决不肯享那“福”，最后折中了一下：郭万刚坐驾驶室押车，张润元坐班车返回。

后来，郭万刚翻看老黄历，那天是这样标注的：1月21日，农历十二月二十三日，小年，大寒第二天。

第十七章　作业深井下

1998年农历正月初七下午，小井子打到40米的位置，没出现钻头掉下或者被卡的现象，钻井队负责人松了口气，放了一串鞭炮庆祝。郭万刚和石银山在井侧西边，正指挥雇来的推土机平整田地，听见鞭炮声，过来看究竟。那负责人喜气洋洋地迎上去，告诉他俩：

“张场长，石队长，小井子打成了，你们可以取开主绳放定花管了。”

花管组合完毕，吊在卷扬机的主绳上，已经下在小井子中，只余出短短一点头端，现在需要有人下去，将连接主绳吊钩与花管之间的铁丝剪断打开，让花管自主脱离吊钩，完全落入小井子中。

作为八步沙林场打井的负责人，因探看井下情况，石银山不知在这156米深的井中往返多少次了，他对安放花管的心情更为迫切，见程海望着他，就说：

“稍一等，我脱一下衣服，戴一下安全帽。”

河西走廊的正月，仍属寒风正劲的冬季，谁都还穿着过冬的衣服。石银山走进井边的帐篷内，脱去厚外套、毛衣及毛裤，只留下秋衣秋裤。随后，他脖子里挂上哨子，戴好安全帽，穿一双短雨靴，抱着双臂嘻嘻哈哈，跑到井口。

程海、郭万刚他们早已将结实的绳套紧挽在卷扬机的副绳上，在旁边候着，见石银山到跟前，把他塞进绳套里，将帆布工具包挎在他脖子上，启动卷扬机，将他稳稳吊下。

下降过程中，石银山的身体随着惯性缓缓转动，等他数着自己转了十圈时，眼看要接近井底的水面了，就抓住身边的主绳，双脚踩在主绳的第二个绳扣上（主绳直径有四厘米粗细，有三个绳扣，以便挽系各种钻井设备），然后借着井底井壁上电灯泡的光亮，低头观察井底的情况。

为防止小井子壁被四周来水冲毁，在下冲过程中，钻井队的人通过水管，从地面上往井里注入了部分水，以减少水压差，减少来水量，因不明井底情况，他们只凭借以往的经验，注入的水有点多，在井底积了厚厚一层水。石银山不知水的深浅，双手拽住主绳，将脚慢慢探入水中，将自己往下沉。水渐渐地没过他的膝盖，没过他的胯骨，没过他的腰部……快到他的脖子时，他的脚才触到井底的砂石。

他不熟水性，没法潜入水中作业，水温又太低，冻得受不了，只好摸起脖子上吊着的哨子，拍打里面的水，使劲吹起来。井上面观察的人听见，叫开卷扬机的师傅，将他吊上井面。

石银山浑身湿透，上下牙打着架，叽叽叽地响，说不出一句完整话来，众人忙拥着他到帐篷内烤火换衣服。

等他身体暖和过来，他告诉程海及其他人井下的情况，并一再强调说：

“不能急，主绳等水渗下去些再取。”

解开主绳的事就这么放下了。

第二天，石银山考虑到井底积水没渗下去多少，而自己也有事，没去八步沙。钻井队的负责人觉得积水渗下去了，要是这天能取开主绳放下花管，再放入电机水泵，自己承揽的这桩事就算画上一个完满的句号了，就催促程海派人下去看看。

因为石银山不在，下井的事就落在贺中强的头上。贺中强也多次下过井，除了第一次有点胆怯外，其他时候还不是跟坐飞机一样嘛。他照例脱去外套，披挂整齐，井口处程海和郭万刚照料他坐上绳套，挽紧到牵引他的副绳。程海嘱咐他说：

“昨天下午小石下去时，水到了他的脖子处，没法取。今天你看看水渗掉了没有，能不能取。”

“好的。”贺中强应了一声。

大家见他做好准备，启动卷扬机，将他缓缓送入井中。

贺中强下到井下灯泡的位置，也拽住主绳，下滑到第二个绳扣上，站稳脚，仔细观察水面，见井壁上留下的水迹，觉得水渗下去了些，但具体渗下去多少，看不明确。他想，既然下来了，那就看个究竟吧，就双手拽紧主绳，两脚顺着主绳，小心下滑，进入水中。

井水冰凉彻骨，但他仗着自己年轻，继续用脚下探，最终顺利站在吊钩上，这时水漫上他的大腿根。

贺中强记得用几根粗铁丝连接着吊钩与花管，如果将那几根铁丝剪断，花管就会从主绳的吊钩上脱落，悬在小井子盖下的花管就会完全落到小井子中。由于水深，他一只手拽紧主绳，只留下头部呼吸，将身子沉入水中，一只手用钳子够着那些铁丝，使劲剪断它们。剪断一根，没脱离。剪断第二根，还没脱离。当他剪断第三根时，他脚下动了一下，而后感觉自己仿佛被人一把从水中狠狠拽起，然后又把他扔下，然后再拽起，再扔下……反复四五次，直到他全身的骨头快散架时，才消停下来。他自己呢，则像悠悠球一般飞速旋转着，在上下起落的同时，向左转毕，再向右转，直到他快晕死过去，这突如其来的旋转才停止。

原来主绳紧拉着花管，当他剪断第三根铁丝的时候，第四根铁丝经不住沉重的花管，自行断开，花管跌下。主绳将拖花管的力,转移到站在吊钩的他身上,将他拖出水面,并上下震荡。

待自己不再转动，贺中强才回过了点神。借着脚下不远处的灯光，他发现刚才踩脚的吊钩正悬在头顶一米远的地方，而牵拉自己的副绳仍然和主绳绞在一起。他知道副绳和主绳绞在一起，自己是没办法被拉出井口的。

他想自救，他试着拽住副绳攀上去，只是自己受到刚才的弹起、坠落与旋转，没多少力气了，而副绳也是两厘米多粗的钢丝绳，弹性太大，尽管自己很壮实，还是攀不上去。

因为惊吓，再加上井下又湿又冷，他浑身直打哆嗦，意识出现了混乱。他看见自己去世的父亲贺发林拖着病体，向他走来，指着一大片沙、一大片林子，对他说：

“儿子，爹什么也没给你留下，只留下这些树，你把它们种好，看护好！”

贺中强听了，实话实说道：

“老爹啊，你看，我命都保不住，没法再植树了，我对不起你啊……”

贺中强看见年轻的妻子也向自己走来。结婚不到十年，她为自己生儿育女，孝敬老人，春秋植树季还要跟自己进八步沙植树压沙，吃了无数的苦，他对她说：

“娃他妈啊，你辛苦受累，把娃们好好拉扯大吧。这口井就要出水了，八步沙的好日子在后面呢……”

他还看见头顶上那个四五十斤重的吊钩：要是这家伙突然掉下来，自己的小命岂不玩完？他就一直盯着那吊钩，伸出右手，警惕地提防着它。

盯着，盯着，他好像给吊钩催眠了，睡了过去。这时候的他看上去就像一只静伏着的蜘蛛，一动不动地悬在井中。

贺中强昏睡过去，井上面的人全给吓傻了。他们看到井架上的主绳和副绳不停地动，不停地晃，发觉井下出了状况，忙趴在井口上向下看，只看见下面的灯光被一个黑影子挡得忽明忽暗。他们大声叫喊，贺中强也不见回应。吹哨子联络，贺中强也不见回声。

他怎么了？井下出了什么事？

没有第三根一百多米长的粗麻绳直抵井底，井底的情况谁也不清楚。

卷扬机师傅开机稍微拉了一下主绳，觉得轻了许多，揣摩花管已经脱离了主绳，又拉了拉副绳，觉得又沉了好多，根据以前的经验，他猜测主绳脱离花管后，跟副绳绞到一块儿了，他就将自己的判断说了出来。

钻井队的负责人听了，望了望程海，迟疑了一下说：

“不管怎样，先把主副绳拉上来再看！”

程海征求了一下闻讯赶来的罗元奎等人的意见，除此之外再也没有更好的办法，大家只好同意。钻井队的负责人叮咛卷扬机师傅：

“掌握好转速，一起上拉！”

在七八双眼睛急切的期望下，卷扬机师傅专注操控着一粗一细主副两根钢绳同步上升。

时间一秒一秒过去，主副绳一寸一寸被拉出，人们的心也一点一点被扯在嗓门眼上……井口向下瞅的人渐渐看见了吊钩，看见了贺中强，也看见了紧绞在一起的主副绳。

就在贺中强离井口还有 10 多米的时候，卷扬机吃力地冒起黑烟，停了下来，人们唰地投过去询问的目光。卷扬机师傅给他们解释说：

“这会儿两股绳子越绞越紧，拉不动，我刹住了闸。”

众人异口同声地问：

“怎么办？”

“得下去人把缠在一起的主副绳转着松开。”卷扬机师傅道。

石银山不在场，其他四人中只有郭万刚是小字辈，他毫不犹豫地套上另外一副绳套。其他人七手八脚地将他用双股棕绳拴结实，留两人在井口指挥，其他人一起拽紧绳，将他吊下去。

郭万刚下到贺中强身边时，发现他还活着，一把抱着他，喜极而泣道：

“兄弟，要是你有个三长两短，我怎么给你妈交待！怎么给你媳妇交待！”

郭万刚一面安抚着浑身无力无法言语的贺中强，一面旋转吊钩，松开劲道，解开了缠绞在一起的主副绳。在大家的一致协助下，将贺中强救了上来。

贺中强出井后，恢复了点意识，但他浑身发抖，站不住脚，罗元奎和郭万刚两人将他架搀到帐篷里，将他放在电褥子上盖好被子焐，但他仍是抖个不停，罗元奎和郭万刚怎么压也压不住他。

闻讯赶来的石银山一把抓住他的手：

“老哥哥，你怎么了？我差点儿见不到你了！”

第三天，石银山来下井了。这次钻井队的负责人没有催，是他主动要求的。因为他们的平田整地工作已完成，那些田地正等水浇灌呢，早一天完成，就能多灌溉一些土地，就能多收获一些粮食，八步沙林场就多一分希望。

他下井后按钻井队负责人的吩咐，站在齐腰深的水中，探手下去，努力将小井子盖揭开。当他打着哆嗦上到井口上时，张润元有点不好意思，说：

“小石，你还得下去一趟，这会儿他们要往花管里安放电机水泵，你得看着放去。”

石银山二话没说，又下到了井底。站在渗骨的冰水中，他的上下牙都嗑碎了，主绳牵着电机水泵才下来，他赶快吹哨子，这庞然大物在他头顶两米多高处停了下来，正对准小井子口上方的自己。主副绳离得这么近，副绳又把自己拉得那么紧，水中移动又很艰难，刚才要是这大家伙下来，后果将不堪设想。

他继续吹哨子联系井口，想让卷扬机将他拉到水泵电机之上，但井口的人不知道他的意思，还以为他要上来，就径直将他升到井口。罗元奎他们还认为出了啥事，紧张地围上来问他：

“怎么了？没啥事儿吧？”

郭万刚拿了一件大皮袄，给他披上，拉他进帐篷，烤火喝姜汤。他一面烤火，一面哆嗦着嘴唇说明意思，罗元奎听了，这才放下心，问他：

“再下一趟怎么样？能不能支持住？”

他看着湿漉漉的衣裤，说：

“一样弄湿了，就再下一趟吧。”

他出了门，到卷扬机师傅处，给他说明水泵与小井子口的距离，让他再往下放三米的距离。到井口，他与负责吹哨联络的人重新商定哨声内容：一声代表啥，两声代表啥……

这次下去特别的顺利，深水泵基本吊至小井子口，稍微调整一下就投入了花管内。他用脚摸索着将小井子口用砾石密封起来，以防来水将小石子和细砂粒带进花管内，损伤水泵叶片。

石银山，像石头一样的银山，在寒风刺骨、充满危险且潮湿的井下往来三次，其毅力让在场的人都感慨不已。

第十八章　遭遇偷树人

这件事发生在秋天，具体哪一年，贺中强给忘了。问他为什么就给忘了呢，他说：像这种事，在八步沙太多了，记下时间干什么？

那天，他背着干粮背着水照例去巡沙护林，返回时，他发现左侧边的沙丘不对劲，觉得上面少了些啥。起初，他并没有在意，沙还是那样的沙，树还是那样的树，草还是那样的草。又走了十几步，他抬眼再瞧，觉得那边有点空荡，与脑海里储存的印象有点差别。登上一个沙丘去看究竟，他大吃了一惊：一个沙湾下，他看护的几棵大白杨不见了！

他跑下沙丘，来到现场，七棵残留在地上的树桩，夹杂在满地的断枝间，散发出一股微甜带苦的白杨木味道，无声地向他诉说着遭遇！

偷树者砍倒了白杨树，拉走了树干。

贺中强上午过去时，它们还都好好儿的，在微风中用金黄的手掌跟自己打招呼，怎么偏过晌午就成了这副惨状？

记得自己进场前，病病沉重的父亲安顿他说："八步沙的树只能增加，不能减少，羊不能啃，人不能砍，你要兢兢业业看好树，护好林！"不为别的，就为父亲的这句话，他也要找到偷树者。要是找不到偷树者，不让他受到应有的惩罚，自己不仅是纵容偷树者，更对不起去世的老父亲！

贺中强顺着偷树者杂乱的踪迹，向前找去。走了 200 米，他来到马场河，他从牲口留下的粪便上推断，为了装车方便，偷树者将树用锯子截断，装到套有骡子的架子车上，顺着干涸的河道，将树运了出去。

在河道里，偷树者的踪迹虽然没有沙上那么清晰，但两条车辙印，还是时断时续，给他指引着方向。

栽这些树时，他年纪还小，也就是十二三岁，正是玩耍的时候。他跟着父母哥哥姐姐来过这里，他植了一会儿树，就干不动了，在沙丘上玩。回去时，走到地窝铺，他走不动路，晚上就跟父亲住在地窝铺里。地窝铺里又没灯，黑洞洞的，风刮着窝棚顶唰啦啦地响，他觉得好害怕好害怕，一直往父亲的怀里钻……

出了河道上了路，骡蹄印、车辙印便不明显了，只是偶尔在松软处暴露一下。但对于他来说，这就够了。好在这段路不长，车辙印就拐进一个村子，进到一户人家。

那偷树者卸下树，喝水歇了口气，正搬起树干做圈羊的栅栏，就见黑塔一样的贺中强站在他面前，顿觉得尴尬无比。虽不在同一个乡镇，但一衣带水，他们上土门街买东西，路上偶尔会遇见，虽然不打招呼，不知道彼此姓甚名谁，但是面熟。

长年累月地钉在八步沙里，八步沙的太阳八步沙的风给贺中强他们赋予了黝黑的皮肤，由于气愤，那张脸更黑了，他盯着这个矮墩墩的中年男子，没好气地质问：

“你给我把树剁掉干什么？”

那人放下怀中的树干，在原地转了个圈圈，说：

“不就几棵死树嘛！”

见那人要赖，贺中强弯下腰，找岔口撕下一块青绿色树皮，对到那人的眼前：

“你怎么睁着眼睛说瞎话？看看，它们哪一棵是死树？再说，即便它们是死树，那也是我的树，你给我砍掉干什么？”

那人无话可说，东瞅瞅西看看，竭力掩饰着内心的慌张。贺中强用手指着林场场部的方向，对那偷树者严肃地说：

“走，你把树拉上，我们到林场里处理！”

那人的父母老婆孩子都围了上来。那人的老婆说：

“这位领导，您就高抬贵手算了吧，我们山里人啥都不懂。”

贺中强哪能就此罢休，对那女的说：

“你男人砍我的树时，他怎么没有高抬贵手？山里人啥都不懂，他怎么净挑大的树砍？”

那女人也被他给呛了回去。偷树者见无计可施，从口袋里

七十七岁的八步沙第一代治沙人张润元带领学生植树治沙

八步沙第二代治沙人贺中强带领学生植树治沙

三十三岁的第三代治沙人郭玺每天在治沙点忙碌，脸庞被晒得焦黑，尤其是紧握着梭梭苗的一双手更显得粗糙

第一代治沙人郭朝明的曾孙郭维乐向同学讲述曾祖父的治沙故事

当年六老汉种植的近四十年树龄的大榆树

清明时节，孩子们在当年六老汉种植的大榆树下，向八步沙治沙人缅怀致敬

八步沙第二代治沙人贺中强向先辈们述说治沙成果

通过八步沙“六老汉”三代人 38 年的努力，一个乔、灌、草结合的荒漠绿洲在八步沙不断延伸

六十七岁的八步沙第二代治沙人郭万刚每天都去压沙点和工人们一起压沙

八步沙三代人用麦草编织的大网向沙漠腹地延伸

八步沙治沙人在治沙点压沙

掏出五十元钱，给贺中强的手里塞，赔着笑脸说：

“兄弟，算了吧，这钱你拿去买包烟！”

“我拿上你的钱干啥？这树是先人的血汗啊，我不能把先人的血汗换成烟抽掉吧！”贺中强软硬不吃，拽住那人的衣袖，执意要那人去八步沙，“走，我们到林场里说道说道。”

偷树者的家人急了，忙掰开贺中强的手，将他护在中间，央求他说：

“算了吧，算了吧！”

贺中强见自己一个人没法将他带到场部，从偷树者家中出来，走捷径穿过八步沙，来到场部搬援兵。

程海、罗元奎、石银山等人刚巡沙归来，正在场部里歇息，贺中强进去后，一边喝水，一边将树被砍的事给他们说了。张润元听了，说：

“你怎么没将他带到林场里来？”

“他自己不敢来，我拉他，他们全家男女老少都护着他，我一个人怎么能把他带来？”贺中强一提起偷树者，还是气愤难平。

张润元从炕沿上下来，拍拍贺中强的肩，笑着对他说：

“慢慢说，别急眼，有气的风箱，不在三啪嗒。”

“想想就叫人生气啊！”贺中强一屁股坐在炕沿上。

张润元对罗元奎、石银山说：

“喝好了没有？走啊，给小贺抓偷树的人去！”

四人出了门，跟着贺中强，来到偷树者家门口。贺中强见庄门紧闭，上前拍门，一边高声叫着：

“有人吗？开一下门！”

里面的屋门咯吱一声响，一个男人应了声“来了”，过来打开门，站在门口，问：

“你们找谁？”

“就找你！”贺中强耸起眉毛道。

“我不认识你！”那人说着，就要关门。

贺中强的气又上来了，睁圆眼准备发作，程海挡到他的前面，对那人说：

“你没见过这个人？”

“没见过这个人！”那人斩钉截铁地说。

贺中强气炸了，他指着那人的鼻子就骂：

“一个多小时以前你被我人赃俱获，你都吓得塞给我 50 元钱让我买烟抽，这会儿你就不承当了！你有种偷我的树，却没种承当，你算个男人吗？”

那男人毫不示弱，反手指着贺中强的鼻子道：

“你是谁？谁偷过你的树？你怎么血口喷人？”

“你把树偷上都准备绑羊圈呢，就在那边！”贺中强指着羊圈的位置，将身子从门边挤过去。

那人并不阻拦，其他的人也就鱼贯而入。可是当他们进去一看，院子里哪有树，别说树干，连树叶都没见一片！贺中强向院子里环视了一周，见地上有扫帚新扫过的痕迹，明白他将树转移了。转身走向那人说：

“你把我的树藏哪里了？”

“我哪里见过你的树！”那人很无辜，转脸向罗元奎他们，“你们在院子里也看了，有没有一根树的毛？你们要不要进屋搜一搜才甘心？”

程海、罗元奎知道他们无权搜查，见这男人谦卑壮实，不像个做贼的人，对还在羊圈里瞅的张润元、石银山说：

“走吧，走吧！”

石银山看着新扫的地面说：

“院子是新扫的，不会销赃匿迹了吧？”

那人笑了一声，说：

“院子脏了，我们山里人就要扫，难道你们乡里人不知道扫的吗？”

贼无赃，硬似钢，程海和罗元奎知道这样扯下去没啥实质性效果，又见天色接近傍晚，就扯着贺中强、石银山的袖子，走出那人家的院子。

路上，张润元见贺中强兀自生闷气，一副并不善罢甘休的劲儿，说：

“你怎么和这人有仇似的？”

贺中强气咻咻地说：

“他砍了我的树，还让我给他赔上笑脸？气死我了！”

“我看这个人也挺老实的，你会不会带错路，我们错进了别人家的庄门？”张润元生怕出现个万一。

“贼的脸上又没写‘贼’字，再说，我怎么会带错路？就那个偷树贼，他化成灰我也能认得！”

一行人走到马场河边，程海对贺中强说：

“趁天还亮着，我们几个去看看那砍树的现场。你到土门派出所报个案，今晚住家里，明天早上看能不能和派出所的杨所长一块儿来查？”

“好的。”贺中强一听要报案，让派出所介入，高兴起来。他觉得今天自己很是冤枉，七棵大杨树被贼砍了不说，还被偷树者反咬一口。

程海、罗元奎他们顺马场河去了，这边，贺中强顺着大路到了土门，天已擦黑，他没去家里吃晚饭，而是先到街西头的派出所报案。他唯恐派出所民警说他报案迟了。

到派出所里，恰好杨所长值班，他递给贺中强一杯水，对在所的三位民警说：

“太昧良心了，沙漠里长这么大的树容易嘛！特事特办，一定严查彻查，给八步沙林场一个交代，不能让这些人流汗又流泪！”

好久没听到这么暖心的话了，贺中强的眼泪淌了下来。

哭吧哭吧，当植树季累成一摊泥的时候，他没有哭过；当在深井中成为一枚陀螺的时候，他没有哭过；当宝贝一般的树被人砍伐时，他没有哭过，现在却为这么一句话而哭了。

第二天一早，贺中强到派出所时，民警们已在等待出发。

当贺中强带着杨所长他们来到偷树者的院子里时，那人家里只有偷树者的老父亲一人，杨所长问那位老人：

“老人家，您儿子呢？”

“不知道，他可能出门搞副业去了。”

“老人家，您知道‘坦白从宽，抗拒从严’吗？叫您的儿子出来，我们从轻处理！”

老人望着院子不出声。

杨所长进到家里，见墙上挂着相框，顺手摘下来，拿给贺中强看。贺中强从中找出四五张有那人的照片，递给杨所长。杨所长挑出两张清晰可辨的近期照片，递给其他两位民警，指着左右两边的山沟说：

“两人一组，带着照片，进山沟，到各个窑洞搜！”

正说着，郭万刚、石银山也来了，随即分为三组：三位民警各带一名护林员，两组进山沟，自己和贺中强在村里挨家挨户搜。

快到中午还是不见那人的踪迹，就在这时，那老人颤巍巍地来了，低声告诉杨所长说：

“别找了，他来了。”

杨队长对着山沟喊了几嗓子，大家撤了回来，跟着老人，来到他家，那人果然在。

杨所长指着贺中强，问那人：

“见过这个人没？”

“见过……”那人声音低低地说。

“你偷的树呢？”

“藏到山湾里了……”

“要不是把这些沙治住，沙就刮到你们山里来了，那些树都是保护你们的，你们也敢偷砍？”

“羊圈破掉了，羊乱跑着圈不住么……”

“羊圈破了，你想别的办法啊，偷人家林场的树？你触犯了法律和相关规定，至少得加倍赔偿林场的损失，得罚款，你明白吗？”

“明白。”

“好，认错态度还可以，带到派出所处理！”杨所长说。

……

过了一段时间，贺中强在路上走，那人从后面追上来，笑嘻嘻地对他说：

“多长时间了，你怎么还这样忌恨我啊？”

贺中强没好气地说：

“你这种人，碰到还是绕着走，免得让你反咬一口！”

那人感叹说：

“法律啊，礼节啊，这些东西不学还是不行，不然等到犯了事，那学费就太贵了！”

“你也知道了？我们那些树、那些草，我们自己穷死的时候，都舍不得动。我爹去世后，也舍不得砍一棵做棺木。你倒好，竟然一砍就是七棵，谁借给你的豹子胆？”

“唉，老贺，你不要生气，谁也有脑昏的时候！从那以后，你们的一个柴皮儿我都没动过！”

第十九章　再战黑岗沙

2002年12月初的一天，一场事关八步沙林场发展的讨论，在新场部举行。

讨论的内容是：昔日承包的八步沙7.5万亩已经全部治理完了，是“进”还是“守”？

要是选择“守”，这无可厚非，“六老汉”和他们的继承者已经创造出了人间绿色奇迹，八步沙已“破茧成蝶”，衍变成一片南北长10余公里、东西宽8公里左右绿意盎然的林场，让昔日的不毛之地焕发出盎然生机，让土门古镇解除了沙患危机，他们可以在护好八步沙的同时，种好那400亩耕地，过上“日出而作，日落而息”的闲适生活。辛劳多年，他们是该歇歇了。

若是选择“进”，由于他们治理八步沙所取得的成效，县林业局会将八步沙东北方向25公里11.4万亩的黑岗沙承包给他们。

当郭万刚把县林业局的这些意思传达给大家时，办公室里出奇的安静，其他 5 人像商量好了似的，都不说话。郭万刚扫视了大家一眼，看着程海说：

“程家爸，您资历最老，先说说您的想法。”

程海六十六岁了，觉得自己精力已跟不上趟了，就说：

“当年我们六个人承包的是八步沙，把八步沙治好管好就行了，况且我们从来没有进行过一次性的大规模治沙造林，何必跑那么远，再去受那苦？”

这话是大家的心里话，郭万刚想了想，对程海说：

“现在国家防沙治沙的政策越来越好，我们的林场要发展，大家的日子要过得更好，就不能守摊子吃老本。当然，现在我们把那些地种好，就有吃有花，但继续治沙造林就有补助可拿，不去治沙造林，就没有——我们总得把日子再往前挣巴一下吧。再说，我们不能只盯住眼前的一圈圈，觉得肚子吃饱了，再不管其他方面。现在我们歇下不治了，将来那些沙子刮来了，后人们还得继续治。”

程海听了，不再说话。

郭万刚把目光转向石银山：

“银山，说说你的想法。”

石银山曾经去过黑岗沙，比较了解那里的情况，相较八步沙，黑岗沙沙中的土质成分少，风沙也更大，他担心黑岗沙不好治理，让刚有点起色的林场受损，从而损害大家的利益，他说：

“黑岗沙10余万亩，苗木费、劳务费等前期投入，我估摸得30多万元，如果干不成，这钱打了水漂，咋办？”

郭万刚觉得石银山的担心不无道理，说：

“这一点，我也想到了，第一年我们试着干，尽量少投入，找一处容易植树的点，边植边摸索经验，走一步看一步。这样即使赔了，也赔不了多少，伤不到我们的筋骨，林场也能承受得起。况且我们是掌握了植树治沙技术的土专家，经验丰富，一定能干成的。”

其他人一想，的确是这么个理。大家的思想得到了统一。

2003年初，八步沙林场承包了黑岗沙。承包时，林业局的一位副局长带着郭万刚到墙上挂的一幅县域地形示意图前，指着干（干塘）武（武威南）线双槽车站和黑冲塘车站之间的沙区说：

“郭场长，黑岗、双槽、漠迷三大风口这些区域都是你们的了，现在国家不断加大对生态项目的补助力度，只要你们干了，不愁造林经费。”

地图上就小小这么一块，后来他和贺中强、石银山骑着摩托车前去选择植树区域时，摩托车沿着民调渠到黑岗沙地界，使劲跑，跑了很长时间，才跑完横向距离。他们觉得这片区域太大，有一种老虎吃天无处下口的感觉。贺中强惊叹说：

“这么大一片沙，一眼望不到头，得多少年才能治完啊？”

“是啊，够我们喝一壶的。”石银山接着说。

郭万刚心里也是那么想，口中则轻描淡写地说：“就这么大一块沙，有多大？比我们的八步沙大不了多少。八步沙7.5万亩，我们植了12年；当年治理八步沙，老人们走路靠两条腿，拉草靠驴车；现在我们走路靠摩托，拉草靠机器，黑岗沙不就11.4万亩，也植它12年，看能不能植完！”

他觉得自己作为他们的头，不能松气。

黑岗沙沟壑纵横，沙丘起伏，他们选择了一处相对平缓的地带，作为进军黑岗沙的突破口。

没有住处怎么办，也挖地窝铺？不行，当年住地窝铺，那是没钱，迫不得已，况且潮湿的地窝铺让老人们落下了关节炎的病根。

这里是沙漠腹地，没水脱土坯，没水和泥抹墙。

他们决定建干打垒房子。在附近找了一块露出土层的高地，雇人运黏性土夯筑了东、西、北三面墙壁，拉运土坯建南墙安门窗，买来椽子搭顶，再在椽子上面铺上花棒，苫盖稻草，压一层土，为防止黄风将土吹走掀掉房顶，他们拉来水，和了夹着稻草的泥巴，在房顶上抹了厚厚一层。

植树也在同步进行。

他们利用修建民调渠铺设的简易公路，让宁夏的稻草商将整车的稻草运来，卸在工地上。让相熟的人在村里组织治沙队，雇用农民工，雇三轮车顺着民调渠，将治沙队拉到植树压沙的区域。

一人栽树，全家动员。程海的身体已受不住那样艰苦的栽树强度，只能留在八步沙巡林护沙，他的三儿子程生学便顶了上去。由于干的是苦活累活，忙得天昏地黑，中午只能吃馍馍喝凉开水，程生学的妻子就在凌晨四点，悄悄起身下炕做饭，让他多休息一会儿。等饭差不多熟时，再叫醒仍在酣睡的程生学，让他吃饱喝足，然后给他的背包里装上一天的干粮，水壶里装上刚烧开的水——尽管她知道，还等不到口渴，开水就凉了。五点半，程生学准时出门，骑摩托车赶到林场里，看今天有什么安排或者调整的事。

要是没有，他就和众人一道，骑车去黑岗沙，带领治沙队的民工开始压沙。

程生学也是农民，说他是民工也未尝不可，但他现在是管理人员，他要负责教会那些新加入治沙队的人，让他们严格按照操作方式去栽树：今年墒情不好，得铲去干燥的浮沙，露出下面的湿沙，再挖出树坑。树坑挖好栽树时，要将挖出的湿沙还原进去，把铲去的浮沙再覆盖在湿沙上，植树的程序才算完成。

有的人不以为然，有的人投机取巧，有的人因忘了某一环节，往往把步骤简略，就害得他不停地监督检查，民工多，他叫不上他们的名字，就用“嗨”来代替：

“嗨，这是谁的草方格，草上怎么没有压沙？”

“是不是我的？噢，知道了，来了！”

草方格治沙是古浪刚引入的压沙方式，划定 1.5 米 ×1.5 米的方格，四边中间开沟，将稻草横放在沟上，再在稻草中间填沙，形成“网格状双眉式”沙障结构，最后在方格中间栽树苗。虽说是刚时兴起来的，但讲得够清楚，示范也做了几遍，可有些人就是不上心。

过了一会儿，他又在那边叫起来：

“嗨，你这湿沙上面怎么没苫干沙？”

“哦，不苫不行吗？”那人忘了覆盖干沙的事，随口这么一说。

“不行，不苫盖干沙，湿沙里面的水分很快会蒸发，树苗的根容易干，就不好成活。”他给他们解释。

起初，他想将违反规定的人记下来，扣发他们的工资，给他们加深印象。但他发现，他的一棵树苗成活的成本远远高于所扣的钱。你扣了他（她）的 1 元钱，他（她）心里不痛快，瞅着你不留意，用湿沙填树坑时，给你干沙湿沙一块儿铲进去，上面再苫盖点干沙，你能看见？你不会将树坑重新翻一遍吧！这样，树苗的成活率就低。

因此，他抽空和他们说说话，把雇佣关系的事儿变成讲良心“活”：

“既然来了就好好干，要对得起给你们发的工资，争取栽一棵就要让它活一棵，让它死掉很容易，铲一锹干沙丢进去就可以，但看看良心上能不能过去？”

这时候，人们透过他厚厚的眼镜片，发现他原来也是个厚道人，先前“嗨”他们时，从他眼镜后面透出的凶巴巴的光只是急眼了时的做派。

到黑岗沙深处没有路，拉运稻草的车只能到那条砂石路附近的工地上，没法向沙漠深处延伸，而用草量很大，民工们到植树点时，每人必须背一大捆稻草，踏着松软的沙子进去，到地点时，整个人已累得筋疲力尽，往往需要缓上一口气才能植树。

背草时，他们手中的铁锹便是多余的了，因此，程生学就成为替他们抱铁锹、抱开沟器的人。他抱着一怀铁锹、开沟器，一步一陷，跟在他们后面。他们有多累，他也有多累。

黑岗沙地处沙漠腹地，因沙子黄中显黑而得名，这儿地形复杂多变，沟壑纵横交错，沙丘连绵不绝，是古浪有名的风口，一年有 100 多天在刮风，尤其在春季，黄风较多。民工们为了赶任务，很少抬头看天，程生学就是他们的天气观测员。一看见西北黄风滚滚而来，他就喊一声：

“起风了！”

大家便停下手中的活计，赶忙捆紧自己背来的稻草，一手提着草捆，一手提溜铁锹背包水壶，找背风处躲避风头，等待风停后再继续干。

中午休息时，他们会聚到一起，或坐，或倚，一边吃馍一边闲聊。有人就会问程生学：

“我们有时候也是故意气气你，黄风来了，你不要喊我们么。”

程生学摇摇头，笑话他：

“你这啥性格么，与人为善你不知道？风把你们刮翻了，对我有啥好处？再说，风把草刮跑了，你们还得重新背去，误了工干不下活，对我们也是损失。你说，这损人不利己的事谁干？”

大家才知道，别看他平时话少，腔子里亮堂着呢。

这年春，他们在黑岗沙栽了7000亩白榆、沙枣、红柳、柠条等沙生植物，成活率也很高。秋季，县林业部门负责人来验收，看到沙丘上光秃秃的，沙窝里的植物却在那里吐翠播绿，知道这是他们治理八步沙“治沙要先治窝，再治坡，后治梁”的经验，在黑岗沙，这些经验也适用。县林业部门的负责人非常高兴，爽快地兑现了造林经费。

绿色，点燃了他们的信心。

正是他们年复一年的苦累和心血，催生了黑岗沙的棵棵白榆、株株红柳……到2015年，黑岗沙一带封沙育林面积达到了21万亩，栽植各类沙生苗木1016万株，辖区内林木存活率达到61.5%，林草覆盖率达57%，黑岗沙的柠条、花棒、白榆等沙生植物郁郁葱葱，黄羊、野兔等野生动物也来安家落户。

2016年夏初的一天，郭万刚带着刚入场的侄子郭玺到各护林站熟悉情况。下午时分，他们行至黑岗沙，天空中云团越来越多，越来越黑，密密匝匝，从西北不断涌来。片刻间，狂风大作，惊雷滚动，沙漠里下起了一场豪雨。

半小时后，云散雨停，一弯耀眼的七色彩虹挂在东边的沙漠上。经过暴雨的清洗，一棵棵乔木灌木苍翠欲滴，一墩墩沙蒿刺蓬郁郁葱葱，金灿灿的梭梭花，紫嘟嘟的沙拐枣花，粉丢丢的马刺盖花……开满了整个黑岗沙，黑岗沙看起来就像一片花的海洋。郭万刚看着，看着，禁不住热泪滚滚……

第二十章　一个人的沙漠

黑岗沙的植树治沙工作有条不紊地进行，干打垒里盘的大炕也渐渐干透，郭万刚心里有点儿焦躁，他打算在这儿设立个护林站，但派谁来这么偏僻遥远的地方看护树林呢？

要是不派，一些驼群经过，它们会把那些甩着小胳膊小腿的树苗当碱草一样吃掉呢！还有那些沿着民调渠转场放牧的羊群，也会揪住树苗的枝叶，甩头使劲，连根就给拽出来！

这五个人当中，程家爸和张家爸都上了岁数，尤其程家爸，已放手培养儿子程生学，等他接班呢。罗兴全也不能派，他去年才接替父亲进的场，啥经验都没有。剩下的就是贺中强和石银山，这两个都是自己的虎将，派哪个去都没问题，只是派了这个，那个的心里会不会犯嘀咕。

在随后的碰头会上，郭万刚提出建站派人的问题，大家听了，谁都没说话。

见没有人发言，郭万刚先将目光投向石银山，说：

“石银山，你说说你的意见。”

石银山站起来，就像当年他父亲第一个站出来要求承包八步沙一样，望着郭万刚说：

“我去吧！”

郭万刚心头一热，补充道：

“眼下只能派你一个人，等以后我们招聘到职工，可以给你增派人手。你要想清楚。”

他把“一个人”咬得很重，意思也很明显。石银山稍迟疑片刻，坚定地说了一个字：

“行！”

“那好，今天你不去黑岗沙了，你去置办东西，包括锅碗瓢盆，油盐酱醋，铺盖被褥，炉子烟筒，塑料水桶等，集中到这儿放下，明天一早我们用摩托捎带下去，给你安家！”

铺盖被褥是现成的，石银山将其他的用品置办齐全，回到家里，把要到黑岗沙护林站去的事给老婆说了，老婆半晌不吭气，黑了脸说：

“孩子谁管？儿子是爹管的。”

他面带愧色地说：

“治理八步沙的时候我管不上，不也都是你管的吗？”

“啥时候能回来一趟？就你积极得很，五个人呢，怎么偏偏是你去！”老婆口里埋怨着，开始动手揉发面，给他蒸馍馍。

石银山知道老婆多年来就是这样，嘴碎，心肠好。

第二天一早，场里的其他人和他一道，用摩托车捎带了生活用品用具，到达黑岗沙那间孤零零的房子。

一串鞭炮响过之后，黑岗沙护林站成立了。站长和职工都是石银山一人。

没有一点儿特殊。白天，他跑前跑后调苗木，组织民工挖坑栽树苗。傍晚，别的人回家，只把他一个人留下了。

他感到没有啥，在屋外点燃节煤炉，将节煤炉的进风口对着呼呼的西北风，一会儿蜂窝煤就着旺了。将炉子提到屋檐下烧开水，转身进屋，点着罩子灯，倒水洗洗手，洗菜做饭。一个人的饭简单，葱花炝锅，半块土豆切片，一棵油菜切块，手揪面片。吃饭时，牙会有点碜，碜了就碜吧，习惯了，幸亏没刮黄风，要是刮黄风，就不是这么个碜法了。

锅净肚饱，洗碗刷锅后，将节煤炉封好，提到屋檐下。这时瞌睡虫袭来，碰锁了门，躺倒就睡。

石银山觉得这是自己从植树以来睡得最扎实的一觉。

这样的日子随着黑岗沙春季植树的完毕而结束。他得管护7000亩地的苗木。一早起来，他扛着铁锹，一边看有没有被风吹出来的树苗，一边向四周观察有没有骆驼群、羊群经过。很快就走完了。

回到护林站里寂寞涌上心头。他想回场部转转。但转念一想，不能去，指不定啥时候就有骆驼群羊群过来。它们这会儿不过来，不一定过一阵子就不过来。今天不过来，不一定明天就不过来。

他使劲地瞅，向近处瞅，向远处眺，把东南西北各个方向都看了遍。边看边想，他觉得要是能把西边的雪峰搬到这里的荒漠来就好了。

他感到孤独。

这种孤独，他经常会感受到，但从来没有现在这么强烈。

第一次感受到这种孤独，还是他十一岁的时候。那是1982年春节，恰好轮到父亲在八步沙值班。大过年的，怕父亲一个人太孤单，他被母亲打发到八步沙的地窝铺，给父亲做伴。第一次住地窝铺，新换了环境，那个晚上他睡不着。大风刮得地窝铺的棉帘子来回摆动，偶尔冰冷的细沙就飞了进来，打在皮肤上又冷又痒，他担心自己被沙子埋了。好容易睡着，半夜却给冻醒，他听到地窝铺顶上有异常的响动，像是不久前看过的连环画《画皮》里的女鬼在作祟。父亲在打鼾，睡得又那样的沉，他身边挂着的火燧枪就像烧火棍一样不会起作用。他感到恐惧的同时，也感到了无助，只好把头蒙在被窝里，一动也不敢动。

他生性活泼好动，怎么能待在这地方？第二天一早，就嚷嚷着让父亲送他回家，并扬言以后再也不来这个鬼地方了！

但是，许多事并不是由他说了算。他一天天地长大，父亲总是叮嘱他：

“今天我有事，去不了林场，你帮忙去。”

“你不去就算了，干啥还非要去个人？干吗把孩子也攀扯上！”他母亲也常常埋怨父亲。

父亲每次听到这些话总是很生气，大声训斥母亲：

“别人家都去了人，就我们家搞特殊？我们石家不能随便缺人！”

一次，他反驳说：

“你有事不能请假吗？就像我们在学校，学生家里有事或者自己有病，向班主任老师写个请假条就行。”

父亲乜了他一眼，不打磕巴地说：

“那是你们学校！”

他不敢再犟嘴，只在心里嘀咕着。他后来发现，其他人家也都是这样认真，无论谁家忙，治沙的活儿不能松懈，老子去不了，儿子顶上去；儿子去不了，女婿顶上去。

后来，石银山慢慢想通了，自己小时候度过的那个孤独煎熬的夜晚，对父辈来说是常态。每个看似不聪明的选择，都是他们在克服困难执着前行。以后每个顶替父亲的日子，或他接替父亲着手看护八步沙时，看着八步沙郁郁葱葱的林地，他真正理解了父辈们的这种举止，并自愿地接受了一个人独处时的孤独寂寞。

石银山自小喜欢唱歌，唱歌是他消遣时间最主要的方式。尤其是晚上，沙狐狸觅食沙老鼠经过附近的沙丘，偶尔会凄厉地叫一声。无边的黑暗从四面八方压过来，要将他和他的小屋吞噬似的。不远处走宁夏的老路上有六个窑洞，过去常有剪径的强盗出没……而屋内，给他温暖的，只有昏黄的、摇摇欲熄的煤油灯光。此时此刻，为了防止自己崩溃，他就大声唱歌。

为了给自己壮胆，他唱《红星照我去战斗》：

小小竹排江中游，
巍巍青山两岸走。
雄鹰展翅飞，
哪怕风雨骤，
革命重担挑肩上，
党的教导记心头……

想到黑岗沙上的树苗，他就唱《小白杨》：

一棵呀小白杨，
长在哨所旁。
根儿深，干儿壮，
守望着北疆。
微风吹，吹得绿叶沙沙响啰喂，
太阳照得绿叶闪银光……

想到他的父母亲，他会唱《我的老父亲》：

想想您的背影，

我感受了坚韧；

抚摸您的双手，

我摸到了艰辛。

不知不觉您鬓角露了白发，

不声不响您眼角上添了皱纹……

有时，他嫌唱原歌不切实际，就将原歌词改成生活场景中的内容再唱。

譬如，他曾将经典老歌《送别》的歌词改为：

戈壁滩，古道边，

荒漠沙连天；

土也黄，天也黄，

沙暴常出现。

麦苗绿，豆秧繁，

风沙连根剜……

他也唱别人写给他们的歌。调是当地流行的古浪老调，歌词是新填的：

当年风沙毁良田，

腾格大漠无人烟。
要好儿孙得栽树，
谁将责任担两肩。
六家老汉丰碑铸，
三代愚公意志坚……

直到他唱累为止。

土门镇的居民大都是从陕西富平土门迁入的移民，乡音不改，文化之根又在陕西秦地，因此土门人爱听秦腔，喜欢秦腔，石银山也不例外。他唱《二进宫》《辕门斩子》《三滴血》《十五贯》……尤其是《铡美案》，他能用“须生”“大净”“正旦”“小旦”等各种腔调，将一部剧点滴不漏地唱下来。

男腔且不说，他唱女腔时，将嗓子捏得尖细，声音悲怆、高亢：

乡党六亲把我劝，
劝我上京找夫男。
跋山涉水苦受遍，
沿门乞讨到此间。
我到宫院把他见，
拳打足踢赶外边。
无处栖身古庙站，

他又差韩琦杀家眷……

他唱得很投入，把秦香莲悲愤、痛恨、怀念、凄凉的感情表现得惟妙惟肖。

他用筷子敲着擀面杖，一唱就是大半夜。

为了克服孤独，打发寂寞，每周回到家里背菜背面背馍馍时，他就四处找书。一次，他找到一本乡土人文版的《读者》，带到黑岗沙。那是个漫长的午后，他看到里面有一首诗《相信未来》，读着读着，他思绪万千，玩起了改换字词的游戏，将那首诗改成了《相信我们》，用诗歌的热情去对待沙漠的狂野：

当沙漠无情地霸占了我的土地，
当麦苗的枯叶叹息着无情的风尘，
我依然固执地推平滚动的沙堆，
用小小的树苗写下：相信我们。

当我的柠条化为深秋的露水，
当我的红柳遭受沙尘暴的入侵，
我依然固执地用凝霜的白榆，
在茫茫的黄沙上写下：相信我们。

我要用铁锹铲平涌向天边的沙浪，

我要用手掌擦去月亮的泪痕，
摇曳着梭梭那枝漂亮的笔杆，
用草方格的形式写下：相信我们。

我之所以坚定地相信未来，
是我相信我们之间的团结，
那是担当一切困难的动力，
她会为沙漠泼洒点点绿色。

不管人们对于我们粗糙的面孔，
黝黑的肤色，遇到的坎坷，
是寄予感动的热泪、深切的同情，
还是给予种种非议、苛刻的指责。

我坚信人们对于我们的脊骨，
那无数次的探索、坚守、担当和成功，
一定会给予热情、客观、公正的评定，
是的，我焦急地等待着他们的评定。

朋友，坚定地相信我们吧！
相信我们前仆后继的拼搏！
相信指头印当初鲜红的承诺！

相信我们，白发染绿沙漠！

其实，相信我们，就是相信自己，就是相信未来。黑暗成就了孤独，但孤独磨砺着石银山的心志。每一棵树成长时，会把他的歌声留在树冠，经风一吹，就会化作另一首希望之歌。

第二十一章　贫穷不是八步沙

2000 年，郭万刚担任八步沙林场场长时，他就对其他五人说：贫穷不是八步沙人的追求。

其他人认为这是他当了场长打的官腔，说的“官话”。说过就一阵风吹了，都不放在心上。那年刚打了井，借的钱贷的款都还没还完呢，这两年也就是能吃饱肚子有小钱花花而已。1999 年甘肃省绿化委员会、省林业厅，古浪县委县政府为他们立碑记功，建新场部盖了 10 间房后，连会议桌凳都买不起，靠两西指挥部捐的 1 万块，才购置了桌凳。

郭万刚却把它当作一种宣言，当作一种承诺。每天早晨一睁眼，他就考虑怎么去争取项目，怎么去为八步沙林场赚钱。

机会总是留给有准备的人的。2002 年 7 月，机会终于来了，由辽河油田公司实施的西气东输一线工程试验段正式开工建设，线路要经过八步沙。苗木补偿自不必说，主要是施工完毕之后，八步沙及周边生态植被还原工程由谁来实施。

蛋糕挺好吃，竞争也挺激烈，好几家本地及外地的国有林场纷纷出手，想拿下这个工程，困难重重。

这时，郭万刚以前从商的经验及胆识帮助了他，他一下子盯上了这个工程。郭万刚召开了“六老汉”会议，亮明自己的态度。大家以前没想到要这样，见郭万刚提出来了，才恍然大悟，原来自己还可以用这样一条腿走路。郭万刚见大家思想一致，鼓励大家总结八步沙林场的优势。他掏出笔记本说：

“要是我们把这个好机会逮住了，挣到更多的钱，就意味着我们林场一穷二白的苦日子到头了，以后林场植树治沙就更方便了，大家的日子也会过得更轻松。现在大家一人说一条，我归纳一下，以便我到西气东输甘肃武威段项目部里好说话。”

程海捋了捋下巴上的胡须，先说：

“有补偿款做后盾，即使赔了，顶多咱们白出点力气，这工程没从咱们地面上经过。”

郭万刚咳了一下，清清嗓子说：

“我也说一条，我们对八步沙地形地貌熟悉，做起来省事。”

“我们自己就是好劳力。”贺中强看了看程海，补充道，“我们里面就程家爸年纪大一些，但现在程生学一直顶上来干着呢。”

“技术过硬。多少年摸爬滚打过来了，7 万多亩的沙都治住了，还治不了这么一条条沙！”石银山道。

“我觉得我们团结。”罗兴全刚接过父亲的接力棒不久，有点腼腆，“我刚入场，啥都不懂，可是你们谁都帮我。我觉得这是我们的优势。”

郭万刚听罗兴全这样说，嘿嘿笑道：

“我也觉得这是很重要的一条，要是没有团结，我们啥事都办不成。另外，我觉得这工程在我们的地盘上，我们不来回跑路，价格能不能比其他林场低一些？这样更有利于竞争。不过，我提醒大家的是，听说项目部要求的压沙方法和我们‘一棵树，一把草’的方法不一样。”

“价格低些也没关系，反正我们是自己干。压沙方法不一样也没啥关系，现学现用就是，他们项目部肯定有技术人员，咱们保准一学就会！”石银山说。

其他人也纷纷附和：“就是，就是。”

郭万刚见大家信心满满，自己更是信心百倍。他稍稍总结了一下，就去武威段项目部，找到负责人，一二三四亮出八步沙林场的优势。他清晰的思路，质朴的话语，一下子赢得了工程负责人的信任和好感，八步沙林场顺利地签到了合同。

这是八步沙林场自1985年签订固沙造林承包合同后，签订的又一个具有里程碑意义的合同。

自此，他们鼓起勇气，开始摸索着走上市场化治沙之路。

辽河油田公司的这项生态植被还原工程要求高，尤其是草方格治沙方式，要求在裸露的沙上划定1.5米×1.5米的方格，四边开沟，将芦苇秆横放在沟上，再在芦苇秆上填沙，将芦苇杆中间部分压下去，两头翘起来，形成“网格状双眉式”沙障结构，最后在方格中间栽上树苗。

八步沙林场职工督促民工精心施工，严格按要求操作，必须保质保量地按时完工。工程第二年顺利通过验收，为八步沙林场掘得了市场经济的第一桶金，金不多，但足够让他们尝到了甜头。那时，上了岁数的程海觉得自己跋涉在沙漠里，脚步也是轻松的。石银山呢，动不动就唱上秦腔：

西凉国辞别了公主玳瓒，勒动了马头回首观。

望不见为王银安殿，看不见鞑王在哪边……

当然，甜头还不止这一个，他们从中还学到“网格状双眉式”沙障的技术。次年，县林业局要求各林场治沙就用这项技术时，大多林场还不知道这项技术为何物，这使八步沙林场在承包黑岗沙时有了技术上的优势。

经验必须从实地积累。因为这项工程是由辽河油田公司负责实施，在辽河油田公司那边，使用芦苇沙障治理荒漠，因此到这边也要求用芦苇做沙障。可古浪周边不出产芦苇，也没有供应，若需要，就得到内蒙古巴彦淖尔市和乌拉特前旗等地拉。路途远，运费高，不合算，后来郭万刚经过和工程处多次协商，修改补充了合同，将芦苇换为耐风蚀也不错的稻草作为沙障，林场才有了盈余。

八步沙林场治理沙漠20余年，经验比较丰富，技术相对成熟，工程质量到位。由于这种优势和招牌，很多公司的生态植被还原工程都愿意交给他们去做，加之西部大开发的机遇，工程挺多，给他们带来不错的经济效益。

2003年，他们承包实施了武威至金昌高速公路两侧造林绿化工程。

2003年后，他们通过古浪县林业局，承包实施了国家重点生态功能区转移支付项目、沙化土地封禁保护区建设项目等国家重点生态建设工程。

2004年，中原油田公司实施的西气东输二线工程开工建设，他们承包了过境及周边的生态植被还原工程。

2006年，他们承包治理了西油东送古浪沙漠段水土保持工程，采用“网格状双眉式”草方格治沙，被中石油评为优质工程。

2008年，长庆油田公司开工建设西气东输三线工程，他们不仅承包了过境及周边的生态植被还原工程，还远赴张掖，承包实施了西气东输三线张掖段工程。

为更能适应市场的发展需求，2009年，八步沙林场成立了古浪县八步沙绿化有限责任公司，进行企业化转型。转型后的八步沙林场不仅开始通过企业竞标国家的重大生态建设工程，还承担实施了多项县里重点防沙治沙工程建设，为林场的长远发展奠定了基础。

为节省时间，在比较远的治沙点，大家每天中午都各自为阵，自带的干粮就是午餐

在比较集中的治沙点，午饭时间治沙人从周边聚到一起，在沙窝里分享自带的干粮

八步沙林场通过种植梭梭、嫁接肉苁蓉和枸杞等，带动周边近 1000 户农民脱贫

在黄花滩移民区，八步沙第三代治沙人用大型机械种植梭梭

八步沙林场护卫的黄花滩移民区种植梭梭、嫁接肉苁蓉，实现了生态效应和经济效益双赢

八步沙第二代治沙人贺中强老汉寂寞了就会在沙地上练书法，十几年坚持练就了一手好字

八步沙以副养林的“溜达鸡”

在古浪县八道沟治沙点，一只雄鹰在飞翔。近几年随着八步沙生态的不断改善，黄羊、雄鹰、野兔等野生动物经常可见

2019 年春季，八步沙人计划治沙 2 万亩，全年计划治沙要超过 5 万亩

郭万刚向来参观学习的人们展示中宣部颁发的“时代楷模”勋章

成为“时代楷模”后，前来八步沙参观学习的人络绎不绝

在八步沙六老汉治沙纪念馆，郭万刚老人为前来参观的学生讲解

2015年，经过12年努力，黑岗沙被“拿下”后，八步沙林场带着成熟的治沙技术，将战场转移到麻黄塘百里风沙线生态屏障建设区，承包实施了甘肃内蒙古边界古浪段麻黄塘治沙环路沿线15.6万亩封禁保护区的管护造林。

2017年，公司中标完成了祁连山山水林田湖生态保护修复工程北部防沙固沙造林工程，压沙造林1.9万亩。

治沙过程是艰辛而单调的，数字背后流淌的是血汗。我们节录一封关于祁连山山水林田湖生态保护修复工程的合同，从中可以看出八步沙人的勇气、艰辛和责任，也能从中了解到，八步沙林场是如何以竞争的优势和有效的管理，驰骋于市场的。

……

根据《中华人民共和国合同法》及有关规定，本着平等互利原则，经甲乙双方充分协商，甲方将武威市祁连山山水林田湖生态保护修复工程古浪县2017年北部沙区治沙造林工程项目（第五包）19000亩的治沙造林工程，以壹仟捌佰陆拾壹万伍仟元整（小写:18615000. 00元）的总价款承包给乙方，现将有关事宜达成本合同条款。

一、工程建设内容及要求

1. 工程治沙采用一封到顶的全封式治沙模式设置网格状双眉式沙障，选择无霉烂的稻草（长度大于30厘米），横、竖向沙障间距为1.5米×I.5米，亩用草量500千克。

2. 在沙障内栽植梭梭、花棒等适生耐瘠的沙生苗木，造林密度296穴/亩，每穴2株，造林时间为春季4月–5月、秋季10月–11月。

3. 加强林木病、虫、鼠、兔害防治，利用造林季节进行苗木补植补栽，严格落实“五禁”规定，做好林木管护工作，巩固造林成果，有灌水条件的地段每穴补水2–3千克。

……

三、乙方职责

1. 乙方必须积极配合甲方及监理人员实施监理工作，为监理工作提供方便。

2. 治沙造林所需材料、苗木、工具、人工、运输等一切费用由乙方承担。

3. 乙方必须严格按照甲方提供的技术规程进行施工，否则，甲方和监理人员有权现场要求返工，直至合格为止，其损失由乙方自负。

4. 乙方在施工过程中不得破坏原有植被，否则，造成的后果由乙方负责。

5. 乙方必须规范操作、安全施工，否则，造成的一切后果由乙方承担。

四、建设期限

施工期限：2017年11月1日至2018年4月30日。

五、工程质量标准

苗木生长良好，无缺水、无病虫害等；造林成活率达到85%以上，保存率达到100%，面积核实率100%；沙障完好。

六、质量管理及验收

1. 甲方和监理单位对工程质量及进度进行定期或不定期抽查，发现问题时出具限期书面整改意见，乙方必须按整改意见要求限期整改。若多次发现质量问题，或两次整改仍不符合要求，甲方有权拒绝支付工程款，并要求乙方支付合同总价款20%的违约金，一切损失由乙方负责。

……

3. 结算总价款以乙方实际治沙造林的合格面积计算，实际合格面积按垂直投影面积测量（由甲、乙及监理三方用GPS或用小班地形图勾绘测量）。

七、付款方式

本工程实行进度报账制，资金拨付严格按照《古浪县祁连山山水林田湖生态保护修复工程项目管理暂行办法》相关资金支付程序进行。工程开工后，由乙方提出申请，经监理人员同意后，甲方先支付乙方合同价款的30%；乙方在完成总工程量的60%以上时，按合同价款的50%申请报账；工程竣工验收后，乙方按实际结算价款的15%进行报账；其余资金作为工程质量保证金，管护期限（1年）结束后，工程如无质量问题，乙方也无其他违约情形的，由甲方全额支付给乙方。工程如存在质量问题或乙方有违约行为的，甲方有权直接扣付乙方质保金；如给甲方造成的损失超过质保金数额时，乙方应承担赔偿责任……

1861万元的项目，对他们极具吸引力，但合同对他们的工程质量标准要求近乎苛刻，又让他们在思想上、行动上不得有丝毫的懈怠。想一想，在沙漠里要做到“苗木无缺水”“成活率达到85%以上”，那是何等的困难。在半年内完成1.9万亩的治沙造林面积，时间是何等的紧，任务是何等的重。但是，他们都做到了。

很难想象他们是如何协调完成如此大规模的植树任务的。

沙漠治理好了，如何将其利用起来“生金”？八步沙林场开始了初步的探索。

他们在八步沙林区石家槽办起林下养殖场，养殖土鸡、鹅、火鸡、鸵鸟等禽类。第三代治沙人郭玺在治沙之余负责着养殖场的运转。林下饲养的土鸡肉质细腻，2019年春节订购出好几百只。他们又准备开办网店，以更快捷的电商方式把这些特产推销出去。

持守，不畏艰难，勇于探索。在他们的不懈努力下，八步沙林场甩掉了贫穷的帽子。2018年，林场的固定资产由原来的200多万元增加到2000多万元，职工的年收入由原来的年均不足3000元增加到5万多元。

八步沙林场利用多年来在市场化经营中打拼所得，疏通了治沙区的道路，架设了通信网络，为各林区管护站配置了电脑，购买了无人机和虫情监测仪等，对林区管护情况和虫情进行巡视和监测，并对治沙工作进行网络化管理。“以农促林，以副养林，农林并举”的构想，在1997年提出后，时隔20年，终于得以实现。

他们改变了八步沙，八步沙也改变了他们。在市场化治沙过程中，他们做了时代的弄潮儿。

第二十二章　薪火再相传

治沙是一个漫长而艰辛的过程，“六老汉”们在八步沙治沙种树伊始，六人中最年轻的张润元已经三十九岁了，几位老人便立下共同的承诺：种树，不论啥时候，每家都得出一个人；谁要是干不动了，就让后人们来接班。

这承诺比合同还具有效力，一个承诺便形成一场30多年的接力。“六老汉”第一代治沙人病的病，退的退，去世的去世，郭朝明老汉的儿子郭万刚、贺发林老汉的儿子贺中祥、石满老汉的儿子石银山、罗元奎老汉的儿子罗兴全、程海老汉的儿子程生学、张润元老汉的女婿王志鹏逐渐接过了治沙的接力棒，成为八步沙第二代治沙人。

岁月不居，时节如流。第二代治沙人都已年过半百，第三代治沙人的接续便刻不容缓了。

2016年，郭朝明的孙子、郭万刚的侄子郭玺来到了八步沙。不同于第一代、第二代治沙人，郭玺中学一毕业就外出打工，后来成为一名货车司机。他开着16吨的货车送货，有时一跑出去就是几个月。对于他来说，外面的世界真的很精彩。

2016 年 3 月上旬的一天，他开着车行驶在高速公路上，大伯郭万刚打来电话，他怕分心出危险，没接。大伯一般不轻易给他们小字辈打电话，若打电话，那肯定是家里有重大的事。他到就近一个休息区停下，正准备掏手机回话，电话又响了，一看是大伯的，心里顿时紧张起来：家里没啥事吧，怎么又打？他没多想，忙接通，电话里传来大伯的声音：

"怎么没接电话？很忙吗？"

"在高速路上开车呢，就没接。您说，家里有啥事？"郭玺解释了一下。

"家里没事，好着呢，但我们林场有事，跟你商量一下。"

"大伯，您说。"一听家里没事，郭玺的心放宽了，至于他们场里的事，跟他没关系。

"你知道，你爷爷他们当时商定，不论啥时候，每家都得出一个人，谁要是干不动了，就让后人们来接班，现在我六十多了，马上干不动了，你到林场来接着干吧。"

郭玺一听大伯要自己到八步沙林场去，万般滋味顿时涌上心头，他想也不想，就说：

"大伯，我在外面干得挺好挺顺心，我不去了。"

电话那边的大伯沉默了，两三秒后，电话挂断了。

他觉得自己这样直接拒绝大伯有点于心不忍，可是八步沙对他来说，是一场梦魇啊。

郭朝明他们在八步沙植树治沙的承包合同上按下红指头印那年，郭玺出生了。他还小的时候，爷爷郭朝明、大伯郭万刚把他当成宝贝一样看待，有空就经常带他到八步沙，给他摘沙枣、白刺果吃，给他捉蚂蚱、沙虎子玩。但那片沙给他带来的恐惧，远胜于带给他的欢乐。

他七岁那年的大年三十，各家各户都忙着贴春联、包饺子，准备过年，大伯却还在八步沙上巡林值班。家里人十分挂念，就让他给堂哥郭翊（郭万刚儿子）做伴，在提包里装上衣服、饺子、饭菜，到八步沙林场去看大伯。他们远远看见北边有一道风墙，郭翊稍大一点，知道黄风来了，就拉他往场部跑。他们一人扯着提包的一边，甩开小短腿，使劲地跑啊跑，嗓子都跑得冒烟了，才跑到那三间屋前。刚推门进去，大风便随后卷着黄沙，忽地扑过来，一下子黑了天地。郭万刚在炉子边坐着烤火，见他俩闯进来，吓了一跳，关紧门，把他俩紧紧抱在怀里，颤声道：

"谁叫你们来的？惹祸哩！"

狂风中大一点的沙粒打得玻璃窗户噼啪作响，没镶紧的窗玻璃也在风中哗哗作响，他和郭翊以为黄风会掀翻房子，将他们吹到天上，吓得直哭，抓住郭万刚的胳膊边摇边央求：

"爹爹，赶紧回家！"

"大伯，赶紧回家！"

郭万刚拉亮电灯，将两个泪人儿抱到火炉边，用手抚摸着他们的后脑勺，安慰他俩说：

“不害怕，胆子大些，这样的风吹不走咱们。”

电灯一开，屋里亮堂许多，他俩这才慢慢安静下来。

郭玺还记得5.5黑风暴。那天，他放学回家，见沙尘暴来了，马上往家跑，刚跑到家门口，沙尘暴就轰隆隆地压来了，飞沙走石，天地一片漆黑。他摔了两个跟头，奶奶听到他的哭叫声后，摸黑将他拉到屋内。奶奶拉灯，电却因风大出现故障停了。奶奶就点亮一根蜡烛，放在桌上让他做作业。去林场的爷爷郭朝明和大伯郭万刚一直没回来，他见奶奶的眼睛一直朝窗外望，过一阵念叨一句：

“怎么还不回来呢！”

过了好长时间，天亮了些，开始下起大雪，奶奶捣着小脚，不顾路滑，来回朝庄门外面跑了好几次，见人就问：

“见过他爷爷没有？”

“见过郭万刚没有？”

妈妈做熟饭，端给奶奶吃，她吃了几口就放下了。妈妈见势不妙，将郭玺安顿给奶奶，自己穿上雨衣、雨鞋，拿起手电提了马灯就出去找爷爷他们了。郭玺再次醒来时，已是大半夜，爷爷、大妈、妈妈他们回来了。他听奶奶问爷爷：他大伯呢？爷爷说：下雪迷路，找回来了，这会儿睡在场部……

就这样，郭玺从小看到爷爷和父辈在风沙下战天斗地的艰难。八步沙留给他心灵的阴影太大了，长大以后，他从没想过留在古浪工作，更没想过要去八步沙林场植树治沙。

过了两个月，郭玺回到家，郭万刚听见了，从林场上来找他，寒暄几句后，郭万刚说：

“找你还是那个话。你爷爷已经去世，我也六十四了，不知能干到哪一天。你郭翊哥他们呢都有工作，就你在外面闯荡没有稳定的工作，你到我们这儿来吧。”

郭玺心里想，我外面闯荡怎么了，挣的钱可不少，还自由，我把货送到地方就不用管了。哪像你们植树，在沙上种下树苗子，天天看护。树苗枯死了，被风刮跑了，被沙埋掉了，都要重新种，操的什么心啊！他这么想，可嘴上没有敢这么说，就不吭气。

郭万刚见他不表态，继续说：

“当时我们六家都互相承诺，为了八步沙每家每代都得有人继续治沙。你说，现在我老了，眼看着干不动活了，你其他的叔叔都还能干动，我们郭家不能率先违反承诺吧。”

郭玺见大伯说得有点动情、有点心动，对大伯说：

“让我再想一想吧。”

他爹也在场，认为郭玺到林场工作，在家门口，比外面乱跑强，见郭玺推三阻四的，有点着急：

“回来把家也照顾上了，有什么好想的？”

郭玺见父亲急眼了，说起实话：

“我跑货车虽然辛苦，可收入不错，又能到处玩。我不想再像爷爷大伯他们那样钻沙漠，辛苦一辈子。”

郭万刚见郭玺实话实说，觉得反而容易做工作，就说：

“当初你爷爷他们要是都像你这样想，土门镇的好多地方就像当年的沙洲城那样，也许就让八步沙给填埋掉了。为了治住八步沙，你贺发林爷爷、张润元爷爷放弃大队书记的位子，你石满爷爷放弃大队主任的位子。为了继承你爷爷的担子，我放弃了那么好的生意，连供销社千亩林场场长也不当，你贺叔还辞了金昌公司的工作回来。一个人不能光想着自己，还得承担一些社会责任。一件事要持续下去，还得后继有人，你说是不是？”

郭玺这下子开窍了。没过两天，就向原受雇公司递交了辞职报告，收拾好行李，到八步沙林场报到了。

自此，他的作息时间便固定下来：每天早晨 6 点，准时从土门镇家中出发，进入七八十公里的沙漠腹地，晚上八至九点到家。

“沙漠里的苦是霸王苦，没本事的年轻人不要来。”郭玺算是领略过这句话蕴藏的道理了。

2017 年春天的一个夜晚，天下着大雪，道路与沙漠很难分辨。一个疏忽，他开着拉树苗的拖拉机陷进沙坑。他下车，打开手机灯察看了一下，觉得问题不严重，就试图用自己的经验和技术将车开出来，但沙漠与其他地面不同，他一动，车轮反而越陷越深。他只好掏出手机，想联系场里的其他人寻求帮助，但手机没有信号。

他只得自想办法，一是用车上的树苗垫路，二是用自己身上过春节时新买的羽绒服垫路。

树苗是场里的，出了这样的事用来自救，可向场里申请报废；羽绒服是自家买的，用来自救，只能向妻子申请报废。

树苗是用来治沙的，况且眼下这么紧缺，都各处调呢，怎么能用来垫路？他舍不得。他用手刨开车轮前的沙子，苦笑一下，决然脱下羽绒服，铺展垫在轮子前，然后小心翼翼地启动车，把车子从沙坑里开到路上。回头去捡羽绒服，已经被车轮与地面的摩擦撕扯得不成形状，里面的鸭绒也纷纷扬扬，跟雪花融成一体。直接扔了吧，冰天雪地，人冻得失形，他只好拎起来，对着雪亮的车灯，找到袖筒，勉强穿起来……

到家时，人都快冻僵了。妻子王利霞一看，还以为出了事，吓了一大跳，见人完好，就喜不自胜了。这就是治沙人的家属，没有他们做坚强的后盾，治沙人能否坚守到现在，那就是另一个问题了。

郭玺性格内向，刚进场那会儿，他跟着大伯、叔辈们从零学起，怎么在沙地种树，怎么看护苗木，怎么巡护林场。他觉得自己是新手，有啥话都闷在心里。过了一段时间之后，他胆子大起来，也敢说话提建议了。

他见林场依然沿袭着人工背草、人工挖坑压草种树的模式，又因为自己经常跟机械打交道，最初还开过铲车、挖掘机等，觉得现在林场的治沙社会参与度越来越高，更需要技术和效率。在一次场部会议上，他向郭万刚、石银山两位正副场长提议组建机械队。起初，有些人不同意，觉得机器笨得很，有些沙丘又高低不平，机器上不去，不如人工灵活。

“我不是说所有的地方都得用机械，是能用机械的地方用机械。”郭玺给大家算了一笔账，“机械效率高，成本还低。雇 5 个人装卸一车草要 40 分钟，一个人操作抱草机只需 15 分钟；一个人挖坑种树一天最多种 3 亩地，一台挖坑机一天能种 20 亩。这样，能省多少人工工资？这些钱能买几台机器？”

郭万刚他们一算，见郭玺说得有道理，便立刻筹款购买拖拉机、装载机、抱草机、挖坑机、洒水车等各种机械，成立机械化作业队，由郭玺负责协调管理。尽管郭玺只是初中生，但对机械，他有天生的亲近感，样样拿得起，放得下。

过了植树季，护林巡沙是郭玺的另一重要工作，6 个治沙点，最远的近 60 公里，他除去开车，仅靠双腿，一天在沙漠里可跋涉 10 多公里，这让他朋友圈里每天走 2 万步就晒的好友们感叹不已。

郭玺同他的爷爷郭朝明、大伯郭万刚一样，身材精瘦，由于这几年坚持在风沙一线，他的皮肤被风沙的锉刀摩擦得黑而粗糙，看上去比实际年龄要大。郭玺的媳妇王利霞出于对他的关心，有些抱怨：

“风天一身土，雨天一身泥，早晨黑乎乎出门，晚上黑乎乎回家，孩子都快不认识他了。”

2019 年春节期间，他和几个要好的同学聚会，同学们都问他：

“你咋老成这样了？”

面对这样的抱怨和问题，腼腆的郭玺只能笑笑。

是啊，要是他不去八步沙，继续开他的车，送别人的货，他的肤色肯定没这么差，但他传承了家族的承诺，选择了八步沙林场，承担了植树压沙的社会责任，他对自己的选择也是无怨无悔。

社会上少了一位送货司机，多了一位治沙楷模，这是我们时代的幸事！

第二十三章　大学生加盟

陈树君是进入八步沙工作的第一个大学生。

不知是他名字中的“树”字起了作用，还是他父亲是一个林业工作者，自幼对他有着潜移默化的影响，使得他对生机勃勃的花草树木一往情深。

但是，命运之手跟他开了一个南辕北辙的玩笑，高考录取时，将他从心仪的“生态治理和环境绿化”专业，调配到为凑够志愿数目，而随意填报的“机械制造”专业。

因为所学专业，大学毕业后，陈树君被招聘到金川集团公司工作，被分配到检修分公司。其实，当初他选择机械制造专业的想法，仅仅是因为别人的建议说这个专业容易就业，根本没想过自己喜不喜欢。工作之后，他高兴不起来，每天将上班视为畏途，觉得和冷冰冰的钢铁打交道是一件令他很压抑很痛苦的事。因此，在金川公司工作了三年之后，他丢了亲戚朋友们眼中的“铁饭碗”，辞职回家。

父母怎么也不能理解他的异常举止，“恨铁不成钢”，痛心疾首地教训他：

“几年大学难道就白读了？你知道不知道为了供你读书，家里人花费了多少的心血？你想干啥！”

陈树君只能沉默以对。他想干啥？他只想服从自己的心愿，为自己活一回。但这话他不能说，时代的飞速发展与父母对生活的认知有巨大的差别,他怕他的一句心里话会气晕父母。

随着时间的流逝，他父母不能接受，又不得不接受儿子的这一决定，并默默关注着他的下一步行动。

第二年春季，陈树君开始了他的“绿色梦”，用他这三年的积蓄，租了十几亩地开始育苗。育苗投资大，周期长，季节性强，所以他有大把的空闲时间同朋友们闲聊、聚会。

偶然一次，他帮朋友为八步沙林场做标书投标，见到了郭万刚。当他知道眼前这位其貌不扬的老头竟然是“六老汉”第二代治沙人时，他有点怀疑自己的眼睛，认真地上下打量他：个头不高，干巴黑瘦，也许在沙漠经常受到风沙的袭扰，眼睛稍微眯缝，但炯炯有神。陈树君从这双有神的眼睛里，读出了岁月赋予的一种坚毅和执着。

大约在人迹罕至的沙漠里生活惯了，郭万刚不喜欢主动跟他人说话，就在他说的那些只言片语中，陈树君逐渐认识到作为第二代治沙人的带头人，郭万刚是一位认真并且有着大漠情怀的老人。他在困难面前那股不低头、不服输、不怨天尤人的劲头，深深地触动和影响了陈树君，觉得能和他一起工作，那该是一件多么荣幸的事。

而郭万刚通过接触，了解到眼前的这个小伙子踏实能干，懂得文案，熟练电脑，正是八步沙林场所缺的“千里马”。

郭万刚思贤若渴，主动打电话联系陈树君，谦和地问他：

“小陈，你想不想到我们林场工作？”

到八步沙从事生态治理工作，这不正是他梦寐以求的事儿吗，陈树君便不假思索地答应了他。

陈树君清楚地记得，那天是 2016 年 7 月 15 日。

让陈树君更没想到的是，上班的第一天，郭万刚竟然专程开车到古浪接他，并在中午为他准备了酸菜炒肉和西红柿炒鸡蛋两个菜。当时场部住宿条件很紧张，郭万刚让人专门腾出了一间板房，作为他的宿舍。感动之余，陈树君觉得受之不安，对郭万刚说出他的担忧：

“场长，您这样做，让其他人怎么看我呢？”

郭万刚摆摆手，对他说：

“我们第一代和第二代治沙人文化程度都不高，你是我们八步沙林场的第一个大学生，八步沙开拓进取，不断发展，以后全得靠你们这些有文化的年轻人。”

“他们五个会不会孤立我？”

“不会，我们场的风气和其他地方不同。八步沙能走到今天，就是我们六人抱成一团共同努力的结果。”

郭万刚的这些话语，让陈树君忐忑不安的心放下了。

然而，现实与梦想有很大的落差，能不能成为一名合格的八步沙人，得经过现实的重重考验。

治沙工作异常繁重，生活条件非常艰苦，春秋植树造林时节，陈树君早晨5点多就得起床，晚上8点多才能回场，期间一直泡在沙漠里。渴了，喝凉开水；饿了，吃冷馍馍。晚上回来，人都累成一摊泥了，还得自己动手做饭吃。这对一直生活在城里的他来说，简直是一种挑战。勉强坚持了几天后，他高涨的情绪开始低落，觉得自己选择来八步沙林场的行为有点鲁莽。

郭万刚知道了，将陈树君带到八步沙展览馆，给他当起了讲解员，讲述每一张照片和每一个展板背后的故事。陈树君开始被八步沙第一代、第二代人治沙的进取精神所感染。紧接着，他带陈树君去看“六老汉”最初的宿营地。陈树君看到宿营地竟然是缓坡边两处坍塌的小坑道时，他震惊了，他无法想象六位老人怎么在那儿住宿休息！郭万刚看着陈树君目瞪口呆的样子，为他讲述了治沙之初的一件事：

为了节省路上来回奔波的时间，父亲郭朝明等六位老人约定“吃在八步沙，喝在八步沙，睡在八步沙”，他们在一个沙丘边挖了地窝铺，把“家”搬到八步沙。不料，当夜刮起沙尘暴，狂风像推土机似的，把沙子一股脑推向地窝铺，不是他们爬得快，就全埋在里头了。老人们头顶被子，背靠背坐在背风处，在寒风中冻得瑟瑟发抖。天亮风停，他们找来三块石头，支起铁锅，寻来干枯的柴草，烧开水，拌几把面，调上醋和盐，一人一碗，就着馒头，填饱肚皮，扛起铁锹，继续向沙漠进军，一坚持就是一年多。

这件事让陈树君心中热浪翻滚。老一辈治沙人“舍小我，顾大我”，在当初那样艰辛的环境下，岁岁年年治沙不止，他连这么点困难都克服不了，还奢谈什么家国情怀？奢谈什么治沙理想？他的灵魂仿佛接受了洗礼和净化，打消了离开八步沙林场的想法。

八步沙林场建在八步沙里，平时几乎没人到这儿来消遣，生活单调乏味。陈树君是个年轻人，跟所有年轻人一样，他喜欢热闹，享受跟同学、朋友在一起的快乐时光，可现在突然间来到这荒无人烟的沙漠，他感觉自己一下子被全世界抛弃了。尤其在晚上，除了值班室的灯光安慰他，除了大漠的阵风造访他，除了苍穹的星星窥视他，整个林场再没有任何动静声响，他陷入巨大的恐慌中，将自己紧紧裹在被子里，忍受着孤独寂寞带来的煎熬，有时甚至彻夜无眠。

石银山了解到陈树君的囧境，笑呵呵地找上门来。他也有过和陈树君一样的心路历程，但他硬是凭着对治沙工作的满腔热忱，锻炼出了强大的内心，成为八步沙第二代治沙人的中坚力量。

那是 2003 年，八步沙治沙人根治八步沙后，向沙漠腹地的黑岗沙吹响了集结号。黑岗沙地段距离八步沙林场 25 公里远，是腾格里沙漠在古浪的五大风沙口之一。石银山主动请缨，要求到黑岗沙护林站去。白天，他组织人员栽树苗。晚上，其他人回家，黑岗沙那间四角透风的干打垒小屋里，就剩下他孤零零一人。这时，为了防止自己崩溃，他就对着小屋空荡荡的四壁大声唱《小白杨》，唱《红星照我去战斗》，唱《在希望的田野上》等歌曲，借此与孤独、寂寞和恐惧抗衡，打发走一个又一个难挨的漫漫长夜。他在黑岗沙一住就是六年，并且在那小屋里度过了六个春节！

一次一起吃饭，陈树君问石银山：

"石场长（石银山现任八步沙林场副场长），听说你在黑岗沙那干打垒里度过了几个春节，你是喜欢热闹的人，你是怎么熬过来的呢？"

石银山边吃边说：

"俗话说'兵怂怂一个，将怂怂一窝'，我是黑岗沙护林站的负责人，我不带头做好，其他人怎么往好里做？再说，'三分种，七分管'，沙漠里栽活一棵树不容易，不尽心尽力把它们看护好怎么行？"

陈树君的心底，被他这不畏艰苦、勇于担当的精神感染了。从那之后，晚上独自睡在场部，他不再感到寂寞，因为他知道，在大漠深处更遥远的各护林站，还有他的同伍者。

陈树君开始安心在八步沙林场上班后，了解了更多的情况，更被他们团结协作的精神所感动。一次植树到中午，大伙聚在一起，边吃馒头边闲聊，陈树君听见他们的故事，感叹：

“你们‘六老汉’的背后是六个家庭，四十多口人，大家心往一处想，劲往一块使，拧成一股绳，相互不离不弃，即便亲兄弟也不过如此啊！”

贺中强见他这样感叹，瞪着铜铃般大的眼睛，说：

“岂止是亲兄弟，有时候就是生死弟兄！”

他给陈树君讲述了发生在他身上的一件事。那是 1998 年 2 月，当人们仍沉浸在春节的热闹气氛中，他们开始为自己打的深井出水做准备。贺中强腰里系好缆绳，下到 150 多米深的井底，剪开连接花管与主绳的铁丝后，主绳上弹时与牵引他的副绳绞在一起，他像悠悠球一样上下弹落多次，并像陀螺一样旋转。他整个人就困在井中。井中阴冷，他浑身湿透，脚下是几十米深的井底，头顶又悬着几十斤重的铁钩，他觉得要是自己再往下掉，或者那铁钩掉下来，自己这二十几岁的生命就这样结束了。好在卷扬机师傅技术过硬，小心将他吊至距离井口十多米处，然后放郭万刚下来，竭力帮他解开搅到一起的绳索，让他逃过一劫。

贺中强是个牛一般壮实的汉子，但他讲述这些时，几度哽咽，泪水奔涌而出，一双粗糙的大手在脸上左抹右擦，说：

“过去的事情提不成，提不成……”

现在，陈树君已经完全融入了八步沙林场这个大家庭中。以前，当他看到郭万刚他们瞅见八步沙、黑岗沙的一草一木，那闪亮的眼神就像看到自己孩子一般，觉得好生奇怪。现在，当他看到沙漠上那些柠条、花棒、榆树、沙枣树，那些白茨、黄茅柴、刺蓬、沙米等植被，也拥有了同样的眼神。

作为一名追随者，陈树君常常想，两代人治沙吃了不少苦，生态效益变好了，但经济效益不尽如人意，能不能用科学手段点沙成金呢？他运用自己更宽广的视野和更活跃的思维，运用自己掌握的现代理念和现代技术，积极探索引进先进的科技成果，协助八步沙林场从单纯的治沙向沙产业迈进。

2017 年秋，林场 1.9 万亩治沙工程验收，陈树君使用 GPS 精确定位亩数和检测成活率，这让八步沙第一代、第二代治沙人对他刮目相看。

陈树君从专业研究所了解到，中药材肉苁蓉可以寄生在梭梭根部，两者结合起来，可使治沙和致富达到双赢。他将自己的这个构想向郭万刚汇报，郭万刚说：

“试一试啊，不试怎么知道？”

一般情况下，梭梭只有三年树龄时，才可以嫁接肉苁蓉，陈树君嫌其生产周期长，就通过网络同一些科研所联系，研究缩短生产周期的技术。最后与内蒙古一家科研所商定，科研所与八步沙林场进行合作，应用了他们梭梭苗当年嫁接当年栽种的最新研究成果，这一项目在郭万刚的支持下很快得到实施，在八步沙林场流转黄花滩生态移民点的沙化土地，接种了 1 万亩肉苁蓉。

还有令他们更惊奇的是，陈树君从网上看到支付宝推出的

“蚂蚁森林”公益平台的治沙项目,积极跟中国扶贫基金会衔接,为八步沙林场争取到了1000万元的治沙资金，签订了1万亩梭梭、1万亩花棒的种植协议。他从网络上争取各方面力量治沙，这种“互联网+治沙”的模式，打破了时空和地域的限制，这是八步沙第一代、第二代治沙人以前做梦也不敢想的事。

一鸟引得百鸟鸣。陈树君作为第一个吃“螃蟹”者，他的加入起到了引领作用。2018年，董树涛又加入八步沙林场，成为场里的第二位大学生。相信以后会有越来越多的大学生来八步沙，积极投身到八步沙林场“六老汉”三代人治沙造林的先进群体中，和他们一道成为“绿水青山就是金山银山”理念的忠实践行者。

第二十四章　绿色的丰碑

风沙向土门镇袭来，土门镇的居民是逃，还是守？答案至此揭晓。他们不是简单意义上的守，而是以攻为守，吹响了向沙漠进军的集结号。

1981年起，六老汉开始治理植被面积不足3%的八步沙，到2002年，有7.5万亩流动沙丘的八步沙披上绿装，草木葱茏，鲜花芬芳。行走在八步沙上，要是不刻意区别，你很难将它与漫漫荒漠联系在一起。

2003年起，“六老汉”又挥锹黑岗沙，至2014年，让21.4万亩黄沙横飞、桀骜不驯的黑岗沙变成林海、草海、花海，成为黄羊、沙狐、野兔、金雕等野生动物的乐园，让古浪这个藏语里黄羊出没的地方实至名归。

2015年后，“六老汉”兵分两路，多点开花，或继续向北部沙区进发，到甘肃和内蒙古交界的麻黄塘，治理那里15.7万亩沙漠，并实施武威市祁连山山水林田湖生态保护修复工程古浪县2017年北部沙区治沙造林工程项目；或剑指南部山区，承包5万多亩的封山育林工程，为建设青藏高原生态屏障及祁连山生态综合治理，尽一份自己的绵薄之力。

据不完全统计，迄今为止，“六老汉”及第二代、第三代，在治理完八步沙后，平均每年以1万至1.5万亩的速度，又治理了相当于四个八步沙大的沙漠面积，将风沙线推到了10至20公里以外，上演了一出精彩的“蛇吞象”的好戏。

八步沙造林点、黑岗沙、五道沟、七道沟、十道沟及北部沙区十二道沟一道道绿色屏障渐渐树立起来，让容纳6万山区移民的古浪黄花滩绿洲小镇，舒适地躺在绿色的摇篮里，境内的黄花滩移民开发区产业发展如火如荼，9个戈壁农业生产基地，有效带动4640户贫困户发展产业；古浪最大“羊倌”胡丛斌的黄花滩移民区兴盛种羊繁育有限公司万只种羊繁育基地，采取“羊银行—贷母还羔”扶贫模式，每年带动2000户贫困户发展肉羊产业。可以说，如果没有八步沙林场不断拓宽的绿色版图，移民们无法在这儿立足，企业也无法在这儿发展。

“六老汉”三代治沙人，不仅懂得走市场化治沙造林的路子，还不断积极地反哺社会：他们在省道316线两边植树，义务绿化通道；在移民区雇用农民工压沙造林，每年支出劳务费800万至1000万元；将林场耕作得很成熟的土地，按每口人1.5亩的配额，分给十八里堡乡香林寺村的七八户移民，并且保障了他们在浇水灌溉等方面的生产生活难题。

2018年，在古浪县委县政府的鼓励下，八步沙林场又开始探索将防沙治沙与产业富民、精准扶贫相结合。他们在黄花滩移民区，流转了 2500 多户贫困户的 1.25 万亩土地，种植梭梭嫁接肉苁蓉 5000 亩，还栽种了枸杞、红枣共 7500 亩。他们除了给贫困户平均一亩地 300 元的流转费用外，等两三年后，产业有了收入，这些土地或者让贫困户来经营，或者由八步沙林场来经营，给他们分红。平时，这些贫困户还可以来到田间打工，挣劳务费。2019 年春天两个月，就有近 3000 名贫困群众前来协助他们压沙造林，他们也为这些群众支付了总计 100 多万元的劳务费，人均 3000 多元，帮助这些贫困移民实现“搬下来，稳得住，能致富”的目标。

上述种种，让八步沙呈现出一种令人振奋的气象。

这种气象不仅仅表现在他们将肩上的社会责任和主人翁心态结合起来，积极地从事自己平凡的本职工作；不仅仅表现在植树种草成功治理沙患，也让自己的生活生计得到改善；不仅仅表现在他们种植了多少树，治理了多少沙漠，更彰显了他们坚守信念、团结协助和勇于担当的精神，以及他们传承和发扬这些精神的难能可贵。

郭万刚曾作诗：“沙枣花棒苗健壮，破土已闻漠花香。”八步沙林场不断放飞梦想，治沙造林的步伐不断推进，在大地上竖起了一座座绿色的丰碑，美丽了家园，也美丽了自己。党和政府历来惦记着他们，将无上的荣誉颁送给了这些令人尊敬的楷模，并为他们勒石记功：

1989年9月，石满获“全省治沙工作先进个人”荣誉称号；

1991年，石满获“全国治沙劳动模范”荣誉称号；

1991年1月，八步沙林场获“全省造林绿化先进单位”荣誉称号；

1996年3月，八步沙林场获“古浪县1995年度林业建设先进单位”荣誉称号；

1996年1月，八步沙林场获“武威地区老有所为先进单位”荣誉称号；

1997年7月15日，八步沙林场获“树纪功碑”荣誉称号；

2000年，张润元获“第四届地球奖”；

2001年3月，八步沙林场获“古浪县植树造林先进单位”荣誉称号；

2001年12月，郭万刚当选为中共武威市首届党代会代表；

2004年2月，郭万刚获“首届武威绿化奖章”荣誉称号；

2004年3月，八步沙林场获“2003年度林业工作先进单位”荣誉称号；

2004年4月，郭万刚获“林业先进工作者”荣誉称号；

2007年3月，八步沙林场获“2006年度造林绿化先进单位”荣誉称号；

2007年4月，石银山获“造林绿化先进个人”荣誉称号；

2007年9月，郭万刚获“全国优秀护林员”荣誉称号；

2007年11月，八步沙林场获“甘肃省防沙治沙先进单位”

荣誉称号；

2008 年 4 月，贺中强获“古浪县造林绿化先进个人”荣誉称号；

2008 年 5 月，石银山获“武威市十大杰出青年农民”荣誉称号；

2008 年 7 月，八步沙林场被评选为“古浪县林业系统共产党员教育基地”；

2008 年 12 月，八步沙林场被评选为“武威市文明企业”；

2008 年 12 月，郭万刚获“甘肃省农村优秀人才”荣誉称号；

2009 年 3 月，八步沙林场获“古浪县 2009 年度造林绿化先进单位”荣誉称号；

2009 年 4 月，罗兴全获“古浪县林业工作先进个人”荣誉称号；

2010 年 9 月，郭万刚获“古浪县首届道德模范”荣誉称号；

2011 年 3 月，八步沙林场获“古浪县 2010 年度林业工作先进集体”荣誉称号；

2018 年 12 月，八步沙林场被评选为“省级文明单位”荣誉称号；

2018 年 12 月，郭万刚被评选为“古浪县文明家庭”；

2018 年 1 月，郭万刚被评选为“甘肃省文明家庭”；

2018 年 7 月，郭万刚被中共古浪县委授予“优秀共产党员”荣誉称号；

2018年9月，八步沙林场六老汉当选为第五届“CCTV年度慈善人物”；

2018年11月，八步沙林场获“三北防护林体系建设工程”先进集体称号；

2018年12月，八步沙林场被评选为“省级文明单位”；

2019年1月，八步沙林场六老汉被甘肃省委宣传部授予“陇人骄子”荣誉称号；

2019年3月，中共中央宣传部授予八步沙林场六老汉三代人“时代楷模”荣誉称号；

2019年4月，中共武威市委、市政府授予八步沙林场六老汉三代人“劳动模范集体”荣誉称号；

2019年5月，全国妇联授予八步沙林场六老汉三代人“最美我的家”荣誉称号；

……

同时，中共甘肃省委、武威市委、古浪县委，前后发出关于学习八步沙六老汉先进群体的决定，号召各级党组织和广大党员干部学习他们勇挑重任、护卫家园的担当精神，学习他们不畏艰难、实干苦干的拼搏精神，学习他们勇于探索、唯实创新的进取精神，学习他们矢志坚守、接续奋斗的愚公精神……

2019年3月29日，中宣部向全社会发布甘肃省古浪县八步沙林场“六老汉”三代人治沙造林先进群体的感人事迹，并授予他们“时代楷模”荣誉称号。“时代楷模”发布仪式现场发布了八步沙林场“六老汉”三代人治沙造林先进群体的感人事迹，宣读了《中共中央宣传部关于授予甘肃省古浪县八步沙林场“六老汉”三代人治沙造林先进群体“时代楷模”称号的决定》。中央宣传部负责同志为先进群体代表颁发了“时代楷模”奖章和证书。

中宣部的颁奖辞是这样写的：八步沙林场地处河西走廊东端、腾格里沙漠南缘的甘肃省古浪县。昔日这里风沙肆虐，侵蚀周围村庄和农田，严重影响群众生产生活。为保护家园，上世纪 80 年代初，郭朝明、贺发林、石满、罗元奎、程海、张润元 6 位村民，义无反顾挺进八步沙，以联产承包形式组建集体林场，承包治理 7.5 万亩流沙。38 年来，以“六老汉”为代表的八步沙林场三代职工，矢志不渝、拼搏奉献，科学治沙、绿色发展，持之以恒推进治沙造林事业，至今完成治沙造林 21.7 万亩，管护封沙育林草面积 37.6 万亩，以愚公移山精神生动书写了从“沙逼人退”到“人进沙退”的绿色篇章，为生态环境治理作出了重要贡献。

面对纷至沓来的鲜花、掌声和各种荣誉，八步沙三代治沙人没有自我陶醉，更没有自我迷失。今天在庄严隆重的央视大厅的聚光灯下，明天回家便换上工装依然拿起铁锹出现在风沙线上。他们不喊口号，不唱高调，用实际行动诠释着生命的最高意义，为自己，为他人，为子孙，治沙不止。他们质朴得像八步沙上的沙枣树，其貌不扬，但花香四溢。

没有荒芜的沙漠，只有荒芜的人生。郭万刚曾经印制过一张名片，背景是一幅绿茵茵的生态家园图：蓝天如洗，雁阵轻翔，树木葱茏，鲜花吐蕊……

这正是他们不懈追求的美丽梦想！